バサッと羽根が広がる音が響く。
アロイスの魔力が引き金となり、理人の背中に羽根が現れた。
illustration by TATSURU KO

氷《こおり》のヤクザ、異世界《いせかい》で白銀《はくぎん》の闇王《やみおう》の治癒天使《ちゆてんし》になる

いおかいつき
ITSUKI IOKA
イラスト
小路龍流
TATSURU KOHJI

Lovers Label

CONTENTS

1

咄嗟《とっさ》に体が動いた。

誰かを助けたいとか、そんな高尚《こうしょう》な気持ちがあったわけではない。視界にナイフが飛び込んできた瞬間《しゅんかん》、反射的《はんしゃてき》に時枝理人《ときえだりひと》はその前に飛び出した。

「ぐっ……」

腹にナイフが刺《さ》さるのと同時に、声が押し出され、理人の体はそのまま地面へと崩《くず》れ落ちた。

誰も手を差し伸べる者はいない。理人が身を挺《てい》して庇《かば》った兄貴分でさえ、手を伸ばさなかった。

理人が人生最後に感じたのはアスファルトの冷たさだった。

そのはずだった。

どれくらいの時間が過ぎたのか。頬《ほお》に触れる土の感触と鼻をくすぐる緑の匂《にお》いに、違和感《いわかん》が理人の目を開けさせた。

東京のど真ん中で腹を刺されて倒れたのに、どうして、森の中にいるのか。仰向《あおむ》けで寝ていた理人の視界は、空が狭《せま》く見えるほどに覆《おお》い尽《つ》くされた一面の木々でいっぱいだった。

理人は横になったまま、まず刺された腹を手で探る。

痛みは全くなかった。触れた手を目の前にかざしてみても、血の跡《あと》はない。その上、かざした手は自分のものとは思えないくらい、真っ白で綺麗《きれい》すぎた。

刺されたことも夢で、今もまだ夢の中にいるのだろうか。それにしては、意識がはっきりとしすぎている気もする。

理人はゆっくりと体を起こしてみた。死んだと思ったほどの刺し傷《きず》があれば、こんなふうに体を動かすことはできなかっただろう。実際、腹に視線を落としてみても、出血した形跡《けいせき》はない。

そもそも、あのとき身につけていた服でもなかった。黒の長袖《ながそで》Tシャツにジーンズだったはずだ。

それが今は、胸元から首元にかけて紐《ひも》を交差した白いシャツに、生成《きな》りの細いパンツはその裾《すそ》を編《あ》み上げのブーツに入れている。理人なら絶対に選ばないセンスだ。

「こんなおかしな服、持ってなかったけどな」

そう声に出して呟《つぶや》いた後、理人は違和感と妙《みょう》な気持ち悪さに眉根《まゆね》を寄せた。口に出した声が自分のものとはまるで違って聞こえたからだ。

「それのどこがおかしい？」

不意の問いかけは、明らかに理人の独《ひと》り言《ごと》に対応している。少し高くて、子供の声のようにも聞こえるが、話し方は子供らしくない。そんな声の主に覚えはなく、理人は座ったまま、首を回して人影《ひとかげ》を探した。

だが、見える範囲《はんい》に人の姿はない。代わりに、見たことのない不思議《ふしぎ》な生きものが宙に浮いていた。白くて大きさは小型犬くらい、トカゲがそのまま大きくなったような形状《けいじょう》をしている。

「デカいトカゲ？」

理人は思ったままを声に出した。

「トカゲだと？　どこからどう見てもドラゴンではないか。この漂《ただよ》う気品が感じられないとは情けない」

その言葉は自称ドラゴンのほうから聞こえる。ドラゴンが喋《しゃべ》っているようなのだが、この見かけで人間の言葉が話せるのが信じられない。だが、ドラゴン以外に辺りには誰の気配《けはい》もなかった。

「どう見てもドラゴンには見えねえし、爬虫類《はちゅうるい》から気品なんか感じられるか」

他にいないからドラゴン相手に言葉を返したが、どうにも落ち着かない気分にさせられた。だが、今の状況《じょうきょう》を教えてくれそうなのは、このドラゴンしかおらず、無視《むし》することはできなかった。

「わかった。貴様はドラゴンを目にしたことがなかったのだな？」

小さな羽根《はね》をパタパタと動かしながら浮いているドラゴンが、偉《えら》そうな口調で問いかけてくる。

「あるわけねえよ。ドラゴンなんて、空想上の生きものだろ」

「おかしなことを言う。こうして目の前にいるではないか」

おそらくだが、ドラゴンは得意げに胸を張っている。今の会話のどこに胸を張るところがあったのか理解できないのは、相手がドラゴンだからだろうか。理人は眉間《みけん》に軽く皺《しわ》を寄せる。

「まあいい。お前がドラゴンだとして、ここがどこだかわかるか？」

まだ夢の中にいるような気もするが、夢であったとしても、自分の居場所くらいは把握《はあく》しておきたい。理人は仕方なく胡散臭《うさんくさ》く思いながらも、ドラゴンに尋ねた。

「ここはシュバルツ帝国《ていこく》の帝都から少し離れた森の中だ」

聞いたこともない国名を告げられ、理人の眉間の皺が濃くなる。世界中の国名を全て知っているわけではないが、そもそも喋るドラゴンが存在する国など、地球上にはないはずだ。

「本当はもっと離れる予定だったが、ここまで逃げるのが精一杯《せいいっぱい》だった」

ドラゴンが悔《くや》しそうに呟く。見た目は爬虫類なのに、こうして話していると、表情がわかってくるから不思議だ。

「お前と俺の関係は？」

理人はもっとも早く現状を理解できそうな質問を投げかけた。ドラゴンが何かから逃げたのはわかったが、理人が知りたいのは今の自分が置かれている状況だ。

ドラゴンは質問に答える前に、地面に直接座る理人の目の前まで移動してきた。そして、目線を合わせ、じっと理人を見つめる。

「この姿……、ドラゴンはかりそめのもの。本来の私の姿は今のお前だ」

ドラゴンが何を言っているのか、理人はすぐに理解できなかった。だが、さっき自分の手を見たときに違和感があった。今も自分が発する声が馴染《なじ》まなくて気持ち悪いままだ。

「そこの湖《みずうみ》を覗《のぞ》いてみるといい」

ドラゴンが顔だけでなく、体ごと向きを変え、理人に湖を示した。

こんな野外に鏡《かがみ》があるはずもなく、湖面に顔を映せと言いたいのだろう。理人はそれを察して、ほんの二メートルもない距離を移動し、湖のそばでしゃがみ込んだ。

底が見えるほどの綺麗な水だ。顔を湖面に近付けると、水面に男の顔が映り始める。

最初に見えたのは見慣れた黒髪。もちろん、こうして理人が顔を映そうとしているのだから、黒髪が見えてもおかしくないのだが、その後が違った。まずは長さだ。理人は首を隠《かく》す長さにしたことがなかったのに、緩《ゆる》くウエーブした髪は肩に付くほどの長さになっていた。

そして、顔立ちもまた、鏡で見ていた自分の顔とは違う。黒い瞳の目元は自分のもののように思えるが、全体の印象はまるで別人だった。けれど、よく見ようと目を細めれば、水面の顔も同じように変わり、元より長くなった髪に手を伸ばせば、水面の男の手も同じように動いた。

「その姿が本来の私の姿だ。髪と瞳に貴様の色が入っているのは気に入らないが、それでも充分に美しいだろう」

ドラゴンが偉そうな口調で、ナルシストっぽい台詞《せりふ》を吐《は》き出す。

「何がどうして、こうなった？」

ドラゴンの自画自賛《じがじさん》を無視して、理人は詳しい説明を求める。顔の造作《ぞうさく》などどうでもよかった。

「無粋《ぶすい》な男だな。どうして、こんな男が私の体に……」

ブツブツとドラゴンが不満そうに呟く。

「だから、なんで俺がお前の体になってるんだよ」

「その姿の私は天使《てんし》だった」

理人の問いの答えにならない返事に、理人は困惑《こんわく》しつつも再び湖面に目を移す。

「天使って、羽根がねえぞ」

湖面の男はどう見ても人間だった。体の向きを変えて、背中を湖面に映してみても、天使の象徴《しょうちょう》である白い羽根は見えなかった。

「必要がないときはしまってある。常に出ていたら邪魔《じゃま》ではないか」

さも常識であるかのように、ドラゴンは語る。

そもそも天使などお伽噺《とぎばなし》の世界で、羽根が出し入れ自由の代物だと聞かされても、そういうものかと思うだけだ。それに問題なのは、この姿が天使かどうかではなく、何故《なぜ》、理人がこうなってしまったかなのに、ドラゴンの説明はまだそこに行き着かない。

「天使は世界でも珍《めずら》しい希少《きしょう》な種族だからな。見たことがなくても仕方はない」

うんうんとわかったふうにドラゴンが頷《うなず》いている。中身が天使だからなのか、仕草が妙に人間くさい。

「その希少性故《ゆえ》に、天使を手に入れようと企《たくら》む輩《やから》は多い。天使だと気づかれては自由に街を歩くこともできないからな。髪を染め、街を散策《さんさく》していたのだ」

「ああ、なるほど。天使だとバレて、追いかけられたと？」

理人はすぐに事情を察した。さっき、ドラゴンはここまで逃げるのが精一杯だったと言っていたのを忘れていなかった。

「簡単に逃げられるはずだったのだ。だが、相手が化け物並《なみ》に強かった」

ドラゴンの声に悔しさが滲《にじ》む。

「振り切ったつもりが、街を出た途端《とたん》、激しい衝撃《しょうげき》が全身を襲《おそ》った。何か魔法《まほう》で攻撃《こうげき》を仕掛けられたのはわかったが、もう動けない」

また怪《あや》しい言葉が混じった。魔法だの攻撃だのと、現実世界ではあり得ないような話が続く。

だが、理人はあえて口を挟《はさ》まず、ドラゴンに話を続けさせる。

「だから、手段を選んでいられなかった。一度も使ったことのない転移魔法で逃げようとしたが、意識が朦朧《もうろう》としていたせいだろう。魔法が上手く発動しなかったようだ」

ドラゴンは仕方がないと言わんばかりだが、妙に言い訳がましく感じる。ドラゴンは天使である自分への自己評価《じこひょうか》が随分《ずいぶん》と高いようだから、失敗したとは認めたくないのだろう。

「それで？」

理人は失敗には触れずに、未《いま》だ悔しそうにしているドラゴンに先を促《うなが》す。

「体ごと転移するはずが、魂《たましい》だけ転移してしまった」

「テンイって、移動したってことか？」

そのとおりだとドラゴンが深く頷く。

「我が魂は死んだばかりのドラゴンの中に吸《す》い込まれてしまった」

「そうして、魂の抜けたこの体に俺が入り込んだと？」

「そうだ。私が呼び寄せたからな」

「ああ？」

偶然《ぐうぜん》なら仕方がないと納得しかけたのに、ドラゴンが不穏《ふおん》なことを言い出した。

「魂が抜け出た体は、いずれ死を迎《むか》える。そうなる前に手を打たねばならぬだろう」

「お前が戻ればよかったじゃねえかよ」

「馬鹿を言うな。魂が抜け出た理由もわからぬのに、戻る方法など知るはずがない」

だから、自分を死なせないために、代わりの魂を入れることを思いついたのだとドラゴンは説明した。

「魂を召喚《しょうかん》する。これは天使の中でも特に秘匿《ひとく》とされている魔法の一つだ」

「そんなことができんのか？」

その前の魔法で失敗しているくせにと、理人は言外に含《ふく》ませて問いかける。

「できるかできないかではなく、やらなければならなかったのだ」

ドラゴンがカッと目を見開く。小さいから迫力《はくりょく》もなければ、怖さもないのだが、ドラゴンとしては威厳《いげん》を出そうとしているようだ。

「その結果、私の体に貴様の魂が入り込んだというわけだ」

「お前が悪いってことがわかったよ」

長々と説明を聞く前から、ドラゴンが悪いような気はしていた。にもかかわらず、ドラゴンに悪びれた様子は欠片《かけら》もない。それが理人の気に障《さわ》る。

「貴様は元の世界で死にかけていたのであろう？　体と魂が強く結びついていれば、呼びかけには応じられないはずだからな」

「確かに、もう死んだと思ってたな」

理人は正直に答えた。あの刺されたときの感触は、まだリアルに思い出せる。

「それなら、よかったではないか。死ななくて済《す》んだのだ」

「頼んでねえし。しかも、こんな他人の体に入れられて」

「その素晴《すば》らしい体の何が不満だ」

「素晴らしさがわかんねえよ」

「だったら、返してもらおう」

「いつでも返してやるよ」

理人は淡々《たんたん》と答えた。それは紛《まぎ》れもなく本心だった。たとえ、この体から出た瞬間に死ぬことになったとしてもだ。

刺されたときもこれで死ぬのかと思っただけだった。死ぬことに対して、心残りがあるような生き方をしてこなかった。刺されて死ぬのがお似合いの人生だったと思ったくらいだ。

子供の頃に両親が離婚《りこん》し、母親に引き取られてから生活が一気に貧《まず》しくなった。そのことを揶揄《からか》われ、相手を殴《なぐ》ったのが人生の転落のきっかけだ。暴力《ぼうりょく》で黙《だま》らせる手段を覚えてしまった結果、ずっと道を踏《ふ》み外《はず》し続け、ヤクザになった挙《あ》げ句《く》、刺されて死んだのだ。

そんな自分が天使になるだなんて、どんな皮肉《ひにく》だと、理人は自分を嘲笑《あざわら》う。

水面に映る見慣れぬ顔を見ていた理人の視界に、これまた見たことのない物体が浮かんでいるのが映り込む。手のひらサイズで半透明《はんとうめい》な水色の物体は、タマネギのような形をしていた。

そんな理人の視線にドラゴンが気づいた。

「あれが気になるのか？」

「ああ。見たことがないからな」

「あれも見たことがないのか？　どこにでもいるスライムではないか」

「スライム？　この世界にはそういうものまでいるのか……」

ゲームやアニメといった娯楽《ごらく》とは馴染みのない生活をしていた理人でも、スライムという名称だけは聞いたことがあった。もちろん、架空《かくう》の存在としてだ。

「動いてないけど、そういう生態《せいたい》なのか？」

「あれは死にかけているだけであろうな」

「死にかけってことは、まだ生きてるんだな？」

「か細《ぼそ》いながらも魔力《まりょく》の気配は感じる」

魔力の有無で生死がわかるという理屈《りくつ》は謎《なぞ》だが、まだ生きているのに、平然と見過ごすドラゴンが信じられなかった。

「スライムは最弱の魔物《まもの》と呼ばれている。攻撃力もなければ、防御力《ぼうぎょりょく》もゼロに等しい。爪《つめ》で引っかけられただけでも致命傷《ちめいしょう》になるほどだ。おそらく、他の魔物にやられたのだろう」

ドラゴンの説明では理人の動きを止めることはできなかった。透《す》き通《とお》った水のおかげで湖が深くないことはわかっていた。理人は濡《ぬ》れるのもいとわず、そのまま湖の中に足を踏み入れた。

スライムのいる辺りは、胸くらいまでの水の深さだったが、スライムを救出するには問題ない。

理人は両手でスライムを掬《すく》い上げ、また元来た道を戻って陸に上がる。

「おかしな奴だな。放っておけば、すぐに死ぬものを」

ドラゴンが理人の周りを飛びながら、呆《あき》れたように指摘《してき》する。確かに、手の中のスライムは生《せい》命体《めいたい》だと思えないほどに、動く気配がなかった。だが、ドラゴンの言い草は聞き捨てならない。

「それが天使の言う台詞かよ」

「天使だからなんなのだ？」

「天使は神の使いだろう？」

理人はなけなしの天使の知識で反論《はんろん》する。天使といえば、善《ぜん》の象徴。善《よ》き行いをするよう、人間を導く存在。そんなふうに漠然《ばくぜん》とだが認識していた。だが、天使だと言い張る、目の前のドラゴンはそんな善の象徴だとは、到底《とうてい》思えない。最初から終始偉《えら》そうな態度なのも、印象を悪くする原因の一つだった。

理人の言葉に、ドラゴンが器用に鼻で笑った。

「天使族の始祖《しそ》はそうだったと聞いている。お伽噺になるくらいの大昔の話だ。今の天使はその子孫《しそん》。今は種族が天使であるというだけだな」

「種族？　この世界には他にどんな種類があるんだ？」

「そうだな、もっとも数が多いのは、元の貴様と同じ、人族《ひとぞく》だ。他には魔族《まぞく》に獣人族《じゅうじんぞく》、エルフやドワーフなんかもいる」

人族というのが人間だということはわかったが、後はまるでわからない。だが、人間が存在する世界だとわかって、少し安堵《あんど》する気持ちもあった。

「そういう種族はそれぞれの国があったりするのか？」

「我が天使族は天使のみの国だが、他はそうでもないな。このシュバルツ帝国は魔族が支配《しはい》する国ではあるが、いろんな種族が暮らしている」

「それじゃ、この姿で歩いてても目立つことはないんだな？」

「それは大丈夫だ」

天使だとバレて殺されそうになったにしては、ドラゴンが自信たっぷりに頷く。天使だと見破《みやぶ》った奴だけが特別だったということのようだ。

「うん？」

微《かす》かに手のひらの中で蠢《うごめ》く感触がして、理人は声を上げた。掬い上げたままにしていたスライムが、プルプルと震《ふる》えている。

「おい、動き出したぞ」

理人はどうしたらいいのかと、ドラゴンに呼びかける。

さっきまでは魔力が何かわからない理人ですら、もう先がないとわかるほどに弱っていたのに、動き出したことに戸惑《とまど》いを隠《かく》せない。

「おかしいな。さっきは確かに虫の息だった」

ドラゴンも驚《おどろ》いた様子で、スライムに近づいてくる。

二人が見守る中、スライムの動きが激しくなる。震えではなく左右に大きく揺れている。スライムには顔もなく、目もないから、感情など読み取れない。それなのに、何故か、スライムが嬉《うれ》しくて弾《はず》んでいるように理人は感じた。こんなに元気になれたのだと、喜んで理人に訴《うった》えかけている。そんなふうに思えた。

「まさか、貴様が治《なお》したのか……？」

ドラゴンが信じられないといったふうに驚きの顔で、理人を見つめる。

「俺が？　どうやって？」

突拍子《とっぴょうし》もないことを聞かれて、今度は理人が驚く番だった。感情表現が乏《とぼ》しいと言われ続けていた理人にしては、珍《めずら》しくはっきりと表情を変えた。

理人がスライムにしてやったことは、ただ湖から救い出したことだけだ。手のひらに乗せてはいるが、そこで何かした覚えもない。

「いや、そうだ。私の体の傷もなくなっているではないか。魂は転移しても、体はそのまま、勝手に治るはずはない」

ドラゴンがぶつぶつと何やら呟いている。視線が理人に向いていないから、独り言なのだろうが、言わんとしていることはわかった。

そもそも理人がこの体に入ったのは、天使が瀕死状態《ひんしじょうたい》になったことが原因だ。だが、今、この体のどこにも怪我《けが》はない。その理由が理人にあると、ドラゴンは考えているのだ。

「天使って、そんな力を持ってるのか？」

理人が問いかけたことで、ドラゴンは思考から戻ってきた。

「違う。いや、中には治癒《ちゆ》に特化した力を持つ天使もいたが、それは生まれ持っての特性で、少なくとも天使だった頃の私に、その力はなかった」

ドラゴンが言うには、攻撃魔法《こうげきまほう》だけは天使が使うことはできないのだが、それ以外の魔法なら何かしら特性として生まれ持ってくるのだという。ちなみにドラゴンは空気や水を清浄《せいじょう》する浄化《じょうか》の力を持っているらしい。

「俺だって治癒の力なんてねえけど」

「元の体では、だろう？　天使の体に入ったことによって、新たな力を授《さず》かったのかもしれない」

「過去にそんな事例があったのか？」

「聞いたことはないが……」

答えかけたドラゴンが言葉を詰《つ》まらせる。そしてすぐに振り返り、一定の方角に視線を定めた。

「しまった。気づかれた」

「何にって、おいっ」

理人の呼びかけを無視して、ドラゴンはその羽根を最大限に使い、猛《もう》スピードで飛び去った。

「どうしろってんだ……」

理人は手にスライムを乗せたまま、その場に立ち尽《つ》くす。

まだこの状況も上手く飲み込めていないのに、たいした説明も受けられないまま、当事者のドラゴンがいなくなってしまった。

「面白いことになっているな」

笑いを含んだ声は背後からかけられた。この気配に気づいてドラゴンは逃げたのだとわかったが、今更《いまさら》、理人がどうにかできるはずもない。

理人はゆっくりと声の主に振り返る。

さっきのドラゴンのように、そいつは空中にいた。黒い羽根を羽《は》ばたかせ、地面から二メートルほど浮き上がっていたのは、銀色の長い髪をたなびかせた、全身黒ずくめ少年だった。人間と

して考えると、十二、三歳くらいだろうか。

少年はゆっくりと理人の前に降り立った。

驚くほどに整った顔立ちの少年だ。美少年という言葉がこれほど似合う顔を初めて見た。

少年はまっすぐに理人を見つめ、口角を僅《わず》かに上げた。

笑っているのに、すさまじい威圧感《いあつかん》だ。子供なのに、足が竦《すく》むほどの畏怖《いふ》を感じる。だが、理人は顔には出さず、見つめる少年を睨《にら》み返す。

「なるほど」

少年は子供らしくない言葉を呟くと、手を差し出し、その手のひらを理人に向けた。

理人と少年との間には、まだ少し距離があった。手を伸ばして届く距離ではない。だから、理人は何をするつもりなのかと、ただ見ているだけだった。だが、スライムが反応した。理人の手から飛び出したスライムは、まっすぐ少年に向かって飛んでいく。

少年が何かしたようには見えなかった。けれど、バシュッと、熱い鉄板《てっぱん》の上に水を落としたときのような、水分が蒸発《じょうはつ》する音が聞こえたかたと思うと、スライムが地面に崩れ落ちる。

理人は慌《あわ》ててスライムに駆《か》け寄った。タマネギ型が崩れ、間延《まの》びしたように平たくなっていくスライムを再び手のひらに掬い上げる。

自分に治癒力があるなどと、まだ信じてはいないが、助けられるのなら助けてやりたい。さっきのスライムの行動は、どう考えても、理人を庇《かば》ったようにしか見えなかった。

手の中でスライムの形が変わっていく。理人が何かしたわけでもないのに、元のタマネギ型を取り戻していく様《さま》は、嫌《いや》でも自分に治癒力があるのだと思わせた。

「治癒の能力か」

確信したように呟いた少年の言葉は、理人へ投げかけたものではない。ただ自分自身で確認するために言っただけのようだった。返事を求められてはいなかった。

「ますます愉快《ゆかい》だ」

少年がはっきりと笑顔になった。依然《いぜん》として、子供らしい笑顔ではない。胡散臭げに見つめる中で、突然、少年の姿が消えた。

どうやってと、理人が周囲を見回すのと同時だった。少年が理人のすぐそばに現れたかと思うと、腰に手を回してきて、理人ごと空に浮かび上がる。

抵抗する隙《すき》などなく、仮にそんな隙があったとしても、きっとなにもできなかった。何故か、理人は指一本動かせなくなっていた。それでも、スライムを落とさずに済んでいるのは、包み込むようにして持っていたおかげだ。

少年は空に向かってどんどん高く飛び上がっていく。最初にいた森が理人の遙《はる》か眼下《がんか》に広がっていった。

まさか、空を飛ぶ体験をするとは夢にも思わなかった。安全ベルトも何もない状態だが、ただ現実味がなさすぎて怖さを感じない。

少年はかなり高度を上げてから、どこかに向かって進み始めた。眼下に見える景色が森から街へと移っていった。ただ、その街も日本ではあり得ない風景《ふうけい》だ。高度な建築技術のなかった時代の西洋風の建物が連なっている様は、昔のヨーロッパの街並みに近いような気がする。

街の上空を飛び続けていると、やがて一際《ひときわ》高い建物が見えてきた。ここまで来る間も、この辺りにも、これより大きくて立派な建物は見当たらない。おそらく城だろうと、理人は判断した。

その城が目的地だったらしく、少年が城めがけて高度を下げていく。

少年が降り立ったのは、三階の部屋に取り付けられたバルコニーの上だった。足を付けた途端、少年の背中から羽根は消えてなくなった。どういう構造になっているのか、その背中を見ても、羽根があった痕跡《こんせき》すら見つけられない。

少年が次の行動を起こす前に、内側から窓が開き、一人の男が姿を見せた。

「お帰りなさいませ、アロイス様」

恭《うやうや》しく頭を下げる男には、羊《ひつじ》のような角《つの》が生《は》えていた。それだけでは種族まで理人にはわからないが、人間でないのは確かだ。

ドラゴンはここが魔族の支配する国だと言っていた。アロイスと呼ばれた少年は、国の高い地位にいて、この男はその臣下《しんか》といったところだろう。

「ゲラルト、すぐにコイツの部屋を用意しろ」

明らかに年上に見える男をゲラルトと呼びつけ、アロイスは偉そうに命令する。ゲラルトは日本人だった頃の理人と同年代くらいに見える。理人は二十七歳だったから、三十前後。その年代の男が、小学生くらいの少年に頭を下げる姿は違和感しかない。

「客室でよろしいですか？」

「いや、三階だ。俺の部屋の近くにしろ」

その命令に、男の目が驚いたように見開かれたものの、アロイスの命令は絶対なのか、ゲラルトは深々と頭を下げた。

アロイスは理人を片手で抱き上げたまま、部屋の中へと入っていく。よくよく考えれば、こうして持ち上げられているのもおかしな話だ。今の体も以前とさほど変わらない背格好《せかっこう》で、アロイスより大きい。それなのに、まるで重さなど感じていないかのようにアロイスは動く。

「ちなみに、そちらの方は？」

ゲラルトが恐る恐るといったふうにアロイスに尋ねる。

「変わり種《だね》の天使だ」

「……天使ですか」

アロイスの答えはまたゲラルトを驚かせたらしい。息を呑《の》んだゲラルトが、何かを見定めるように、理人をじっと見つめた。

「確かに、魔力の流れが違いますね」

理人にはわからない『魔力』とやらは、ゲラルトの言葉から察すると、体内を流れているもののようだ。

「コレと試したいことがあるから、部屋に籠《こ》もる」

アロイスが顎《あご》をしゃくって、理人をコレだと指し示すと、ゲラルトはすぐに部屋を出て行こうとした。

「ああ、そうだ。コイツを預《あず》かっておけ」

ゲラルトを引き留めたアロイスは、理人の手からスライムを取り上げると、そのままゲラルトに向けて放って投げた。

「そのスライムは大事な証拠品《しょうこひん》だからな。丁重《ていちょう》に扱《あつか》え」

「はっ」

ゲラルトは大事そうにスライムを手の中に収め、今度こそ、部屋を出て行った。部屋に残ったのは、理人とアロイスの二人だけだ。

広い部屋だった。理人が東京で暮らしていた1DKのアパートと比べると、この一部屋で軽く倍以上の広さがある。しかも、天蓋《てんがい》付きの大きなベッド以外には、一人がけの重厚《じゅうこう》なソファがあるだけで、そんなもったいない部屋の使い方が余計に広く感じさせた。

「さてと」

アロイスが理人をベッドの上に放り投げる。その勢いでようやく体が動くようになった。理人は上半身だけ起こし、アロイスと向かい合う。

「まず、何から聞こうか？」

アロイスはベッドに乗り上げ、理人の前で胡座《あぐら》を掻《か》いて座る。

「こんなところまで連れてきておいて、聞きたいことも決まってないのかよ」

「掘《ほ》り起こせば、楽しげなことがたくさん出てきそうでな」

アロイスは本当に愉快《ゆかい》だと笑顔のままだ。

「天使の中身が入れ替わるなんて、興味深い話だろう」

「話を聞いてたのか？」

理人の問いかけに、アロイスは口角を上げ、ニヤリと笑う。全く子供らしくない笑い方だ。

ドラゴンはアロイスの気配に気づいて逃げ出したが、天使の中に理人が入っていることを知っているのなら、その前からアロイスは近くにいたということになる。

「間抜《まぬ》けな天使がドラゴンの中に入ったことはわかった。それなら、お前の体はどこにある？」

「さあな」

「他人事《ひとごと》だな。お前の体だろう？」

「気づいたらこうなってたんだ。他に言いようがない」

理人は事実を言ったまでだが、アロイスの紫《むらさき》の瞳《ひとみ》に見つめられると、何もかも見透《みす》かされているような気がして、落ち着かない気持ちにさせられた。さらに言えば、至近距離にアロイスがいるのも落ち着かない要因《よういん》の一つだ。だから、距離を取るため、座ったままで後ろにずり下がろうとしたが、体がまた動かなくなっていた。アロイスが何かしたに違いない。

「スライムを治癒していたが、それは元々できたのか？」

「俺が治したって自覚はねえよ」

「ふむ。つまり勝手に治っていたということか」

独り言のように言った後、アロイスが手を伸ばし、理人の髪に触れる。

「この黒髪はお前のものか？」

「俺の髪はこんなに長くなかった。あいつも色を変えてたって言ってたしな」

「だが、この髪には細工された痕跡はない。それにこの瞳もお前のものだろう?」

「これは……、多分、俺の目だ」

理人も確信があるわけではない。だが、ドラゴンも髪と瞳に理人の色が入っていると言っていたから、おそらく自分のものだろう。

「いい目だ」

アロイスの指が、理人の目の縁《ふち》を撫《な》でる。子供のくせに、妙に淫靡《いんび》な雰囲気《ふんいき》を醸《かも》し出すアロイスに、理人は胡乱《うろん》の目を向ける。

「やはり、効《き》かないか」

「何が?」

「こんなに至近距離で俺の目を見ても、お前は平静でいられるんだな」

紫の目が、またまっすぐに理人を捕《と》らえる。

「俺の瞳には魅了《みりょう》の力が備わっている。意識して使えば、どんな奴でもいいなりにできるんだが、お前には効果がない」

「天使だからじゃねえのか?」

「かもしれないが、お前だからの可能性もある」

そう言われても、理人にも答えようがない。だが、どちらにせよ、アロイスの言いなりにならずに済んだのは幸いだ。

「俺に魅了をかけてどうするつもりだったんだよ」

「いろいろ確かめさせてもらおうと思ってな。せっかく天使の体が手に入ったんだ」

悪い予感しかしない言葉に、理人は思わずゴクリと生唾《なまつば》を呑み込んだ。

「天使にはいろんな言い伝えがある。天使の羽根は万病《まんびょう》に効くだとか、生き血をすれば不老不死《ふろうふし》になるだとか」

アロイスはおかしそうに笑って不穏なことを口にする。

「ほとんどが眉唾《まゆつば》だろうが、天使と交《まじ》わると若返るという話も聞いたことがある」

「交わる……？」

「性交だ」

アロイスの放った音が意味を持った言葉に変わったのは、シャツを引《ひ》き裂《さ》かれた後だった。

ベッドの上でシャツを剝《は》ぎ取られた状況で性交と言われれば、アロイスが理人を犯《おか》そうとしているのだと嫌でも理解させられる。

「子供のくせに何言ってんだよ」

「魔族が見かけどおりの年だと思うな」

忠告するように言って、アロイスは理人をベッドに押し倒した。そして、そのまま理人の下肢《かし》から邪魔な衣類を全て剝ぎ取った。

全身、余すところなくアロイスの視線が這《は》い回る。こんな露骨《ろこつ》に欲望を持って、裸《はだか》を見られたことなど一度もない。同じ男から、そんな対象として見られたことも初めてだ。

「天使も体つきは同じようだな」

「興味が失せただろ」

「まさか」

アロイスがフッと笑う。

「同じものが、どうなるのか見てみたい」

アロイスの顔が近づいてくる。理人が動かせるのは口だけ。喋れるようにと、アロイスは敢《あ》えて、そうしているに違いない。

唇《くちびる》が触れた瞬間、体が痺《しび》れる感覚があった。その刺激にビクリと体を震わせると、アロイスは顔を離して笑う。

「気づいたか」

「何をした？」

「魅了が効かなかったから、体に媚薬《びやく》を流し込んだ」

ここが現代の日本なら、媚薬だと言われても、その効果など信じなかっただろう。だが、魔法のある世界だ。媚薬があってもおかしくはない。

「どうせなら、お前も楽しめるほうがいいだろう？」

「余計なことはしなくていい。やるんならとっとと終わらせろ」

理人は投げやりに言い放つ。自力で動けない以上、このままアロイスに犯されるのは避《さ》けられない。それならもう早く終わることを願うだけだ。

「威勢《いせい》がいいな」

アロイスは気を悪くしたふうはなく、むしろ喜んでいるようにさえ見える。

「それなら、もっと媚薬を足してやろう」

再び、アロイスが顔を近付ける。さっきよりも深く唇が重なった。喋れるのに、差し込まれた舌を押し返すことができないのは、何の力が働いているのか。舌とともに流れ込んでくる何かが、理人を熱くする。

ほんの数秒前まではなんともなかったのに、急に体中を熱が駆《か》け巡《めぐ》った。放出できない熱が出口を求めて体の中心に集まっていく。

これでもう媚薬の効果は充分なのに、アロイスは唇を離さない。ねっとりと味わうように理人の口中で舌を蠢《うごめ》かす。

きっと魔族の舌は人間のそれとは形状が違うのだろう。喋っているときには気づかなかったが、舌は二叉《ふたまた》に分かれていて、それぞれの先が違う動きで口中を刺激する。

ただでさえ熱くなっていた体は、深い口づけにより昂《たかぶ》り始める。自分の体ではなくても、快感《かいかん》を他人事のようにはやり過ごせない。股間《こかん》はすっかり形を変えていて、アロイスがそれに気づかないはずがない。

「ここはどうだ？　自分のものとは違うか？」

アロイスの視線が理人の股間に注《そそ》がれる。

違うかどうかなどどうでもいい。媚薬のせいであったとしても、男に刺激されて勃《た》ち上がった中心をわざわざ見たくなかった。理人は無言で目を逸《そ》らす。

「ちゃんと自分の目で確認しろ」

アロイスが命令するとともに、理人の首が勝手に動き、頭が自然と下がった。目を閉じたくても閉じられない。視線の先には、みっともなく勃起《ぼっき》した屹立《きつりつ》がそびえていた。

「どうだ?」

再度、尋ねられても、理人は答えなかった。ただわからないと首を横に振る。自分のものなど正確に記憶していないし、そもそも冷静に比較《ひかく》する余裕などなかった。

「あっ……」

不意に胸の尖《とが》りを撫でられ、声が出た。

「ここの感度がいいのは元からなのか、天使がそうなのか」

揶揄《からか》うような声に、理人はまた首を横に振る。

「媚薬のせ……っ……あぁ……」

最初に含まされた媚薬のせいに違いないと反論したかったのに、尖りを強く摘《つ》ままれ、言葉にならない。痛みではなく、痺れるような快感が走った。

「楽しめているじゃないか。俺のおかげだな」

アロイスが愉快そうに笑う。その間も、何が楽しいのか、乳首を弄《いじ》くる手は止めない。

「あ……はぁ……」

熱い息が漏《も》れ出る。乳首を弄られて感じているのは明らかだ。熱を持った息が吐き出され、理人の快感を示している。

キスと胸への刺激だけで、理人の中心は先走りを零《こぼ》すほどに昂っていた。それなのに、アロイスは中心には一向に触れようとしない。

理人の腰が知らず知らず揺れる。動けなかったはずなのに、いつの間にか、魔法による拘束《こうそく》は解《と》かれていたようだ。それならと自らに伸ばそうとした手が止められた。

「なっ……」

理人は驚きで目を見開く。理人の手を封《ふう》じたのは、黒くて細い紐状《ひもじょう》のものだ。材質は皮のようでいて滑《なめ》らかな感触だった。そして、それは一本ではなく、それぞれが意思を持ったように蠢いている。

「こ……これ……は？……」

理人の疑問に答える代わりに、アロイスがニヤリと笑うと、黒いものはさらに増え、理人に向かってきた。

両方の手首が足が、黒い紐に囚《とら》われる。それはアロイスの背後から伸びてきていた。

「反応がなさすぎるのもつまらないからな。触手《しょくしゅ》を使うことにした」

だから、魔法で拘束するのではなく、触手で拘束したのだと、アロイスは満足げに言った。

「変なもん……つけ……あぁ……」

また新たに出てきた黒い触手が、その先端をさらに細くして、理人の乳首に食い込む。

指でされていた時より強く突かれ、理人はその快感に背筋《せすじ》を反《そ》らせる。

無数の触手が理人を苛《さいな》むために体中を這《は》い回る。達する寸前《すんぜん》にまで追い詰められた屹立にも触手は絡《から》み、根元を締め付け解放を止めていた。

溢《あふ》れ出した先走りが屹立を伝って落ち、さらにその奥を濡らしていく。

左右の足に巻き付いていた触手が、太腿《ふともも》を持ち上げながら左右へと広げていく。こんな状態の股間を晒《さら》したくないのに、理人の意思など考慮《こうりょ》されるはずもなかった。

濡れた股間だけではなく、その奥の秘《ひ》められた場所まで、アロイスの視線に晒された。

「見る……なっ……」

これは自分の体ではない。そうわかっていても、見られることに羞恥《しゅうち》が募《つの》る。それなのに、理人にできるのは、ただ言葉で制止を求めることだけだ。

「これから俺が犯す孔だ。よく見ておかないとな」

薄々《うすうす》気づいていたことをはっきりと言葉にされ、理人は息を呑む。経験はなくても、男同士のセックスがどこを使うのか、知識くらいはあった。アロイスが本気で理人を犯そうとしているのだと、その言葉と視線で改めて思い知らされる。

アロイスが見つめる先に、新たな触手が伸びていく。まっすぐ進んだ先は理人の後孔だ。

「くっ……う……」

後孔に押し入る異物の感触に、理人は低く呻《うめ》いて顔を顰《しか》める。触手はかなり細くなっていたため圧迫感《あっぱくかん》は少なかったが、異物感が不快《ふかい》だった。

触手は先端から粘液《ねんえき》を出しつつ、その滑りを使ってスムーズに奥へと進んでいく。

「ひっ……」

突然、何か吸い出されるような感覚に襲《おそ》われ、理人の全身に鳥肌が立った。

「腹の中を綺麗にしてやったんだ」

何も知らない理人に、上機嫌のアロイスが説明する。この世界には浄化の魔法というものがあり、それを使えば腸内の汚れを全て取り去ることができるらしい。

「これから、俺の子種で腹の中はいっぱいになる。余計なものは出しておかないとな」

理人の中で射精《しゃせい》すると宣言《せんげん》するアロイスに、理人は顔を引きつらせた。

さっきから着々と男を受け入れる準備を施《ほどこ》されている。体はそうでも、心構えなどできるわけもなく、恐怖のほうが大きかった。暴力と同じだと思い込もうとしても、どうなるのかわからない不安が恐怖に変わる。

それでも逃げられない。四肢を触手に押さえつけられ、屹立も絡め取られて、振り払うことはできなかった。

理人の緊張《きんちょう》を解《ほぐ》すかのように、触手は屹立を扱《しご》き始め、後孔内に収まっていた触手はゆっくりと蠢き始める。

「はぁ……っ……」

気持ちはどうでも直接的な刺激には反応してしまう。前を扱かれ、理人の口から甘い息がもれる。後ろの不快感も前の快感が忘れさせた。

触手に犯される理人を眺《なが》めていたアロイスが、不意に動いた。開いた理人の足の間に腰を据《す》えると、屹立に顔を近付ける。

「あっ……あぁ……っ……」

アロイスの口中にそこを含まれ、理人は声を抑《おさ》えられない。キスされたときも翻弄《ほんろう》された、あの舌が屹立にも快感をもたらした。しかも、触手もまだ巻き付いたままだ。

舌と触手が理人を追い詰める。舐《な》められ扱かれ吸われ、張り詰めていたそこが耐えられるはずもなかった。アロイスを押しのける間もなく、理人はその口中に呆気《あっけ》なく迸《ほとばし》りを解き放つ。

「あ……はぁ……」

解放感に理人が深い息を吐き終えるのと、アロイスが顔を上げたのは同時だった。アロイスは理人に見せつけるように、喉《のど》を動かす。理人が出したものを飲み干したのだと、その仕草が伝えていた。

「これが天使の味か」

舌舐めずりをするアロイスに、解放感よりもいたたまれなさが増す。おまけに後孔にはまだ触手が収まっていて、これが終わりでないことを訴《うった》えている。

「ちょっ……待っ……て……」

触手がまた動き出し、理人は慌てて声を上げる。達したばかりで体が敏感《びんかん》になりすぎている。不快感しかなかった後孔への刺激ですら、快感を拾い始めていた。

理人はまだ気づいていなかったが、最初は指より細かった触手が今は倍以上の太さになっていた。その太くなった触手が中で蠢き、後孔を解していく。

「はぁ……あ……っ……」

理人の口から不快感を訴えるような声は、もはや出てこない。ただ熱を吐き出すための声が上がるだけだ。

ヌチャヌチャと淫猥《いんわい》な音を立てながら触手が後孔を出入りする。未だ首を固定されたままの理人は、その様をずっと見せつけられていた。アロイスは視覚でも聴覚《ちょうかく》でも、理人を犯す。

「も……早く……っ……」

いつまで続くと知れない行為に、理人は早く終わってほしいと訴える。その声が届いたのか、触手がずるりと中から抜け出ていった。

やっと終わった。理人がそう安堵したのは、ほんのひとときだった。

アロイスが理人の腰の下に曲げた膝を差し込む。そうされて浮き上がった腰に、熱い何かが押し当てられた。理人の視線がそれを捉《とら》える。

「やっ……やめ……」

今まさに突き立てられようとしているアロイスの屹立を目にして、理人は必死で制止の言葉を口にした。

「やめるわけがないだろう。ここからが本番だ」

ニヤリと笑ったアロイスが、グッと腰を押しつけた。

「ああっ……」

質量よりもその硬さに悲鳴が上がる。熱く硬い感触は触手にはなかった。

アロイスは躊躇《ちゅうちょ》なく奥まで突き立てた。理人は呼吸することすらできないほどの圧迫感に、口をハクハクと動かすしかできない。瞳には涙《なみだ》が滲んできた。

そのせいで視界がぼやけたからだろうか。覆《おお》い被《かぶ》さるアロイスの姿が大きくなったように見えた。

「はっ、こう来たか」

知らない声がすぐ近くから聞こえる。理人は視界をクリアにしようと、何度も瞬《まばた》きをした。

「誰……?」

理人を犯しているのは見知らぬ男だった。アロイスは少年だったが、今は理人と年の変わらない男が目の前にいる。銀髪と紫の瞳はアロイスと同じだ。

「これが本来の俺のあるべき姿だ。さすが天使といったところか」

「アロイスなのか？」

理人は現状を忘れ、唖然《あぜん》として問いかける。とても信じられる話ではないが、言われて見れば、確かにアロイスだ。喋り方も人の悪そうな笑い方も、さっきまでの子供のアロイスと同じだった。

「子供に抱かれるほうがよかったか?」

アロイスが軽く腰を揺さぶりながら尋ねる。子供だろうが大人だろうが、男に抱かれたくはないと言いたかったが、中を刺激されて言葉が出ない。

「こっちもそろそろ本来の大きさにする頃合いだな」

何を言っているのかと、理人はアロイスに視線だけで問いかける。

「入れやすいように小さくしておいた。自由に大きさを変えられるからな」

何を大きくするのか、はっきりと言葉にされずともわかる。アロイスの屹立の大きさは、さっき目にしている。実年齢は知らないが、少年の姿だったから、そこの大きさも違和感を抱かないサイズだった。だが、あれ以上、大きくなると話は違ってくる。

いつの間にか、触手の拘束はなくなっていた。理人は急に動かせるようになった手で、アロイスを押し返そうとする。

「やはり少しくらいの抵抗があったほうが楽しいな」

だから触手は外したのだと、アロイスが楽しげに教えてくる。

アロイスにとっては、理人の抵抗など、じゃれている程度にしか感じないのだろう。理人がどれだけ押してもびくともしない。

「余裕がありそうだから、もう少し大きくしてみるか?」

問いかけながらも、アロイスは答えは求めていなかった。理人が何か言うまでもなく、理人の中の質量が増す。

「あっ……あぁっ……」

堪《こら》えきれずに甘い息が漏れた。ずっと触手で刺激されていた中は、すっかり快感を拾える性感帯へと変わっていた。そこへ大きくなった屹立がさらに奥へと入り込み、おまけにどんな形状になっているのか、前立腺をこぶのような何かが擦《こす》っていた。

「大きいほうが好きか?」

揶揄《やゆ》するような問いかけに、理人は違うと答える代わりに首を振った。

好きだから感じているわけではない。媚薬のせいだし、そもそもこの体は理人のものではない。だから、感じているのも理人ではないのだと、自分に言い聞かせる。言葉などもはやまともに出なかった。

「はぁ……あ……あぁ……」

奥を突かれる度、ひっきりなしに声が上がる。理人の中心は再び限界にまで勃ち上がっていた。

「まだイくなよ」

理人の状況を察したアロイスが、触手を一本だけ伸ばし、屹立の根元を締め上げた。

「なっ……あ……」

吐き出せないのに快感は高まる。感じすぎて辛《つら》くなる。理人の瞳にまた涙が滲んできた。それなのにアロイスは躊躇《ちゅうちょ》なく奥を穿《うが》つ。

「あぁっ……」

何かが弾けたような感覚が理人を襲う。バサッと羽根が羽ばたく音が聞こえた気がするが、アロイスの背中に羽根はない。その代わりに理人の背中に違和感があった。

「こうなるのか」

アロイスはそう呟くと、理人の上半身を抱き起こした。

「いっ……あぁ……」

繋《つな》がったまま体を起こされ、アロイスの膝《ひざ》の上に座らされた。体勢を変えられたこともそうだ

が、自身の体が上になったことで、より深くアロイスを呑み込まされ、理人は既《すで》に限界だった。

「もうイくことしか考えられなさそうだな。羽根が出ているのも気づいてないか」

アロイスが何か話しているのはわかる。ただそれを理解するだけの理性は残っていなかった。中心に手を伸ばし、触手を引き剝がそうとする。だが、快感に支配され、力の入らない状態では触手を摑《つか》むことすらできない。

「羽根は真っ白か。黒い髪が良く映《は》える」

アロイスは満足そうにそう言うと、理人の顔を自らに引き寄せた。

三度目のキスはもうされるがままだった。唇を割って侵入してきた舌を押し返すこともできず、口中を貪《むさぼ》られる。その間も突き上げは止まらない。

アロイスが理人の羽根の付け根に触れた。その瞬間、理人は射精しないまま、限界を迎えた。最後の嬌声《きょうせい》はアロイスの口に呑み込まれて声にならなかった。

「天使は羽根が性感帯なのか」

感心したように言いつつ、アロイスはずっと羽根を触り続ける。

性感帯だとわかったなら放っておいてほしい。触られている間、理人の体はずっと震えたままだ。射精していないから、達してもまだ体は火照《ほて》っている。

「もう……はな……せ……」

理人は掠《かす》れた声で訴える。

男同士のセックスがこんなに疲《つか》れるものだとは知らなかった。体力などとっくになくなっている。早く楽になりたい。その一心で、自分をこんな目に遭《あ》わせたアロイスに頼むしかなかった。

「まだ俺は出してないぞ」

「なら……早くしろ……」

「早く欲しいと催促《さいそく》されるとはな。いいだろう」

勝手な解釈《かいしゃく》をして、アロイスが理人の中に精を解き放つ。魔族になると射精のタイミングも自在に操《あやつ》れるらしい。

熱い迸りが理人の中を満たしていく。体の中から熱が広がっていく。もう入りきらないのではないかと思うほど、アロイスの射精は長かった。腹が膨《ふく》れた気がして、思わず腹に手をやり、中にアロイスがいることを思い知らされた。

ひどく長く感じた時間が終わり、アロイスが深く息を吐く。満足して気分が良くなったのか、理人を苛んでいた触手が離れていった。

これでようやく終わったと、理人は安堵の息を漏らす。

だが、理人は気づいていなかった。アロイスがまだ萎《な》えていないことに。まだまだ解放されることなどないのだと、理人が知るのは、理人の中のアロイスがさらに大きくなってからだった。

2

とにかく体が重かった。目覚めてから身動きもできず、理人はベッドで寝転がっていた。疲労《ひろう》感《かん》もだが、何より体の違和感も強かった。

「なんだ、まだ寝てるのか」

かけられた声に理人は寝たまま顔だけを向ける。昨日の後半に見た、大人になったアロイスがベッドのそばに立っていた。

ベッドに寝た体勢から見上げているのもあるが、改めて見るとかなりの長身だ。銀色の長い髪を後ろで無造作《むぞうさ》に束《たば》ね、膝下まである黒の貫頭衣《かんとうい》に黒の細身のパンツ、そこに黒の編み上げのブーツを履《は》いている。ゆったりとした服を着ていても、体格の良さは窺《うかが》い知れた。

「羽根がない……」

アロイスを見た瞬間に昨日のことが全て思い出され、羽根がなくなっていることにも気づいた。羽根があれば、こうして仰向けに寝ることはできないからだ。

「最初に言うことがそれか。お前が眠りに落ちた瞬間、羽根は引っ込んでたぞ」

「そういう仕組みか。っていうか、そっちの姿が本当なんだな」

そうは言いながらも、それならば昨日、子供だったのは何の意味があったのか。理人は今のアロイスに子供の面影を探す。

理人がまだ疑いの視線を向けているのがわかったのだろう。アロイスはフッと口元を緩《ゆる》めた。

その直後、アロイスが少年に戻る。

「何がどうなって……」

理人が戸惑《とまど》いで、どう問いただせばいいのか思いつかないでいる間に、アロイスがまた大人の姿に変わった。

「こうやって自在に変えられるようになったのは、お前のおかげだ」

「俺の？」

理人自身がアロイスに何かした記憶はなく、理人は訝《いぶか》しげに軽く目を細めて問い返す。

「呪《のろ》いが解けて、本来の姿を取り戻せた」

「子供だったのは呪いなのか？」

まさかの言葉に、理人は驚きを隠せなかった。自分でもはっきりとわかるほどに表情が変わる。

それをアロイスが満足げに見ていた。

「ああ。成長を止める呪いだ。まさか、そんな馬鹿げた呪いをかける奴がいるとはな」

アロイスの口調にはどこか感心したような響《ひび》きがあった。意外すぎて面白いとさえ思っていそうな反応だ。呪いをかけられて子供のままでいたにしては、困った様子もなかったから、気にしていなかったのだろう。

「呪いの説明をしてやってもいいんだが……」

アロイスはそこまで言ってから、視線をドアに向けた。その直後、ノックの音がした。

アロイスが許可《きょか》を出すと、ドアを開けて入ってきたのは、理人が城に連れてこられたときに出ってきた。

「お目覚めと聞きましたので、こちらをお連れしました」

ゲラルトは恭しく、理人に向けてスライムを差し出した。スライムはピョンと勢いよく、ゲラルトの手から飛び出し、理人のそば、ベッドの上に着地する。そして、スリスリと理人に這い寄ってきた。

「随分と懐《なつ》かれていますね。従魔契約《じゅうまけいやく》を?」

ゲラルトの質問の意味が理人にはわからなかった。スライムが何故か懐いているのは、理人も自覚するところだが、その従魔契約が何かがわからない。

「ゲラルト、コイツはこの世界のことは何もわかっていないようだぞ」

「我がシュバルツ帝国についてですか?」

理人についてざっくりと説明をしたアロイスに、ゲラルトが問いかける。

「この国、いや、この大陸についても知らない。そうだろう?」

アロイスは最後に確認するように理人に尋ねた。

「ああ。何も知らない」

隠しても仕方のないことだ。理人は正直に答えた。

理人がこの体になって、今日でまだ二日目だ。初日の昨日は、原因となったドラゴンから説明を受けている最中に、アロイスによって連れ去られてしまった。だから、わかったことは、ドラゴンが魔法を失敗したことにより、天使の体に理人が入ったこと、天使になった理人には治癒の力があるらしいことくらいだ。

「天使……、なのですよね？」

ゲラルトがアロイスに再確認するように尋ねる。最初に天使だとアロイスから紹介されていたゲラルトからすれば、理人が何も知らないとは理解できないのだろう。

「外側は間違いなく天使だ」

「髪色と瞳が黒であることから、変わり種だと仰《おっしゃ》ったのかと思っておりましたが、何やら、もっと複雑なご事情がありそうな……」

ふむふむとゲラルトがわかったふうに頷いている。もしかしたら、理人が寝ている間に、大まかな説明がなされていたのだろうか。

「ああ、それから、呪いは完全に解けていなかった」

「なんと」

ゲラルトは驚きの中に残念さの滲む声を上げた。

「長時間、この姿を維持《いじ》することはできない。ただ、俺の意思で変えることはできる」

「それは僥倖《ぎょうこう》。さすがは天使の力ですね」

ゲラルトが賞賛《しょうさん》してくるが、理人は他人事だ。アロイスの呪いが一部でも解けたのはわかったが、それが天使の力によるものだと言われても、理人が何かしたという実感は未だになかった。

「その呪いとやらだけど、本当に俺が解いたのか？」

「間違いない」

アロイスが迷《まよ》いなく断言する。

「本当にありがたいことです。よくぞ出会ってくださいました」

本人以上にゲラルトは呪いが解けたことを喜んでいる。解除《かいじょ》したとされる理人にも、感謝《かんしゃ》の気持ちを前面に押し出した態度で接しているだけでなく、好意すら感じられた。

日本にいたときは嫌われるのが日常だった。ヤクザなどしていたから、それが当たり前で、仕方のないことだと受け入れていた。だから、こんなふうにほぼ初対面で好意を示されるのは落ち着かない。天使になったからだとわかっていても、現状、理人に向けられる好意なのだ。

「呪いが解けたことはまだ黙《だま》っていろ」

「承知《しょうち》しました」

アロイスの命令に、ゲラルトは何故かなどと尋ねようともしない。誰に対して黙っていなければならないのか、またその理由もだ。そこにゲラルトのアロイスへの崇拝《すうはい》だけではなく、アロイスのゲラルトへの信頼も感じられた。

「その呪いってやつ、俺が聞いてもよかった話なのか？」

さっきのアロイスの台詞から、呪いに関しては何か公にはできない事情がありそうな気がして、理人は尋ねた。

「問題ない」

「はい。アロイス様に呪いがかけられていることは、お姿が成長できないことにより、明らかでございました」

「なるほどな。見た目は隠せないってことか」

理人はすぐに納得した。

「よく知らないが、アロイスはとんでもなく強いんだろ？　それでも呪いにかかるもんなのか？」

ドラゴンが天使だった頃、相手にもならずに瀕死状態《ひんしじょうたい》にさせられたらしいし、もちろん、理人も手も足も出なかった。

「アロイス様に呪いをかけたのは、シュバルツ帝国の前皇帝《こうてい》でした」

話のスケールが大きくなってきたことに、理人は軽く眉根を寄せる。国のトップが出てくるような話になるとは思ってもいなかった。

「この国の皇帝は、そのとき一番強い奴がなる。今のこの瞬間にでも、俺より強い奴が現れれば、そいつが皇帝だ」

「ちょっと待て、アロイスが皇帝なのか？」

さすがに黙っていられず、理人は声を上げた。

「言ってなかったか」

アロイスは首を傾《かし》げる。自分が皇帝であることも、わざわざ言うほどでもないと、アロイスにとってはどうでもいいことのように聞こえた。

確かに思い返してみれば、森から城へと飛行して移動する間、見下ろした帝都にこの城より大きな建物はなかった。その城に我が物顔で降り立ち、自由に城を使える立場の者など限られる。見た目が子供だったから、その可能性に考えが及《およ》ばなかった。

「アロイス様は子供の頃から、桁違《けたちが》いの強さでした。その立場を脅《おびや》かされることを恐れた前皇帝は、子供のうちに手を打とうと考えたのでしょう」

「浅はかな考えだ」

アロイスが鼻で笑う。

「お前がこうして皇帝になってるってことは、子供のままでも勝てたってことか」

「向こうが何もしてこなければ、もう少し皇帝でいさせてやったものを」

その口ぶりから、呪いにかけられた直後に前皇帝を打ち負かしたことがわかる。しかも、それはアロイスにとって造作もないことだったようだ。それだけ桁違いの強さだということだ。

「アロイス様が成長を止める呪いをかけられたのは、今からおよそ五十年前のことでした」

「それだと計算があわなくないか？」

子供の姿のアロイスは、十二、三歳くらいに見えた。成長した今の姿は自分と同年代の二十代後半くらいで、とても五十年が経過したとは思えない。理人のその疑問に答えたのはゲラルトだ。

「魔族は人族と比べると寿命《じゅみょう》が長いので、見た目の変化は人族に対しておよそ四分の一から五分の一といったところでしょうか」

種族によって寿命や成長のスピードが違うのなら、今の自分はどうなのだろうか。理人は答えをくれそうなゲラルトに問いかけた。

「天使は？」

「ご存じない？」

尋ねられたことが予想外とゲラルトが問い返す。

「こいつが天使になったのは、昨日だ」

理人に代わり、アロイスが答えた。そして、魂が転移したことも説明した上で、理人に確認をしてきた。

「元は人族だったんだな?」

「あ、ああ」

自分を人族だと称することがなかったから戸惑いはあるが、人間と同意だろうと頷いて見せる。

「なるほど。それはお困りでしょう」

理人の境遇《きょうぐう》に同情し、労《いたわ》りの言葉をくれるゲラルトを見ていると、自分が抱いていたイメージがいかに偏《かたよ》った知識によるものだったかを思い知らされる。

天使には善のイメージがあった。対照的に魔族は『魔』の文字の印象から悪魔《あくま》を想像し、悪のイメージだ。だが、実際に会ってみたゲラルトから悪意は感じられず、逆に天使だったはずのドラゴンには自分本位の身勝手さを見せつけられたせいで、悪い印象しかない。

「天使の寿命は魔族並みと言われています」

「長生きすんのか」

思わず愚痴《ぐち》めいた呟きが漏れた。

日本で暮らしていたときですら、普通の人間の老後《ろうご》など考えたこともなかった。どこかであんな形で人生を終えるような気がしていたからだ。もし、ドラゴンが元に戻らず、理人が天使のままでいることになれば、どうやって過ごせばいいのか。刹那的《せつなてき》に生きてきたから、長く生きることが想像できない。

「天使について、もっとお教えしたい気持ちは山々なのですが、何分、天使族に関しては情報が全くなく……。引きこもりの種族と言われております」

ゲラルトによると、天使の国は、国全体を結界《けっかい》で覆っており、他国とは一切《いっさい》の交流を断っているのだという。国への出入りは天使であればできるが、それ以外は結界に阻《はば》まれ、立ち入ることさえできない。つまり国内がどうなっているのかも、天使以外は知り得ないとのことだった。

「だから、いろんな言い伝えがあるわけか」

昨日、アロイスが言っていた意味がここにきてわかった。存在は知っていても実態を知らないからこそ、眉唾物《まゆつばもの》の噂《うわさ》が広がる。あのドラゴンの偉そうな態度は、希少種故《ゆえ》のものだったのかもしれない。

「ほとんど信じてなかったが、お前の治癒の力を見て、もしかしたらと思ったわけだ」

理人はスライムに視線を落とす。眠っているのか、理人にくっついたままスライムは動かない。

このスライムを理人は昨日、二度治癒した。意識して行ったことではないが、結果的に理人が掬い上げたことで、負傷した箇所《かしょ》が癒《い》やされた。アロイスはその二度目の時を見ていたのだろう。

「触れるだけで怪我《けが》が治るのなら、もっと深く触れ合えば、呪いも解けるのではないかとな」

「効果も知らずに試したのかよ」

試しで男に犯されたのかと、理人は腹立ちからアロイスを睨《にら》み付ける。

こうして普通に会話していたからといって、アロイスに抱き潰《つぶ》されたことを忘れていたわけではない。だが、あまりにも現実離れしたことばかり立て続けに起きたから、男に犯されたことの衝撃《しょうげき》が薄くなっていたのも事実だ。

「お前、名前は？」

アロイスの質問はあまりにも唐突《とうとつ》だった。さっきまでの話の流れは完全に無視して、今まで聞かれなかった名前を尋ねてきた。

「必要か？」

理人は質問に答えずに問い返す。

理人をここに連れてきた目的が、呪いを解くためなら、もう役目は果たした。理人がここに留まる理由もないし、それなら今更、名前など知らなくてもいいはずだ。

「さっき言ったが、呪いは完全に解けたわけじゃない」

「それでも問題なさそうだけどな」

理人の指摘をアロイスは笑って躱《かわ》す。

「だが、この先、どうなるかわからない。だから、お前にはこの城にいてもらう。それなら名前を知らないと不便《ふべん》だろう？」

「勝手に決めてんじゃねえよ」

理人はムッとして反発する。既に決定事項のように言われたことに腹が立った。そんな理人の様子をアロイスは楽しげに笑って見ている。

こんなに感情を出してしまうのは、理人にしては珍《めずら》しいことだった。感情の振り幅《はば》が小さいのは子供の頃からで、それでずっと過ごしてきたのに、アロイスが相手だと気持ちが揺れるのを止められない。昨日、あんな醜態《しゅうたい》を晒したせいだろうか。

「お前にとってもいいことずくめだと思うがな」

「何が?」

「住むところはあるのか?」

アロイスの指摘に、理人は言葉に詰《つ》まる。

「住む場所だけじゃない。ここにいれば、食うにも困らないぞ」

アロイスはさらに理人にとっての利点を付け加えた。

急にこの世界に転移させられ、その張本人であるドラゴンはどこにいるかわからず、そもそもこの国の国民でもない。つまり生活基盤《きばん》がここにないということだ。天使になりかわって暮らそうにも、天使の国への行き方も知らないし、行ったところで閉鎖的《へいさてき》だと言われている国が、中身は別人の天使を受け入れてくれるだろうか。

「他にも利点はあるぞ。ここにいれば、最高に気持ちよくなれる」

アロイスが思わせぶりな笑みを浮かべて言った。

「お前、まだするつもりなのか?」

「何度もすれば、呪いが完全に解けるかもしれないだろう?」

理人の何が気に入ったのか。やはり天使の体がよかったのだろうか。衣食住を保障《ほしょう》する代わりにセックスの相手をしろと言われているようなものだ。いくら何もわからない状況で、頼る相手もいないとしても、男としてその提案は受け入れたくなかった。

「もっとも、お前に拒否権《きょひけん》はない」

また魔法で体を拘束するつもりかと、理人は表情を険《けわ》しくして、アロイスを睨み付ける。

「お前の首に俺の所有印《しょゆういん》を刻《きざ》んでおいた。その印がある限り、お前は俺から離れられない」

その言葉に理人は反射的に首に手をやった。本来はそこにないはずの髪を掻き分け、直接、肌に触れる。

首の後ろだから自分の目では確認できないし、触っただけでは変化はわからない。ほんの少しだけ熱いような気もするが、気のせいだと言われればそう思えるくらいの熱さだ。

「大きさとしては、このくらいのものです」

見えない理人を気遣《きづか》って、ゲラルトが親指と人差し指で円を作り、大きさを示して見せた。直径五センチくらいのものらしい。

「寝てる間につけたんだな」

「全く起きる気配がなかったぞ」

「お前が起きられなくしたんだろ」

抱き潰されて寝落ちするなど、まさか自分が経験することになるとは思ってもみなかった。しかも、寝ている間におかしな印をつけられたのだ。文句の一つも言いたくなって当然だった。

「この印があると、俺はどうなる？」

「どこにいても居場所がわかる。俺と繋がっているからな」

「まあ、それくらいならいいか」

「何だ、随分あっさりと受け入れるんだな」

アロイスが意外そうに言った。もっと理人が反発すると予想していたのだろう。

「どうせ、行くところもないんだ」

理人は苦笑いで答える。この世界に理人の居場所はない。全てが天使のままだったなら、その場所に居座れたかもしれないが、黒目黒髪と中途半端に理人が出ている。そのせいで今から自分で居場所を探さなければならないのだ。強引に用意された場所とはいえ、この世界に無知なままでもいられる場所ができてよかったと思えてきた。

「理人」

「リヒト？」

理人が口にした名前をアロイスが繰り返す。

「名前、必要なんだろ」

いつまでここにいるかわからないが、しばらくはこの城で厄介《やっかい》になる。それなら名前は必要だと理人も思った。

「リヒトか。わかった」

アロイスがもう一度、理人の名前を口にして、満足げに頷いた。

「ゲラルト、リヒトが不自由ないように手配してやれ」

「承知しました」

頭を下げるゲラルトを残し、アロイスは部屋から出て行った。皇帝だというから、いつまでも理人に構っている暇《ひま》などないのだろう。

「ゲラルトも行ってくれていいぞ。忙《いそが》しいんだろ？」

どうせ、何もすることがないからと、理人はゲラルトを促《うなが》した。

「とんでもございません。アロイス様の恩人《おんじん》であられるリヒト様のお世話は何を置いても優先されて当然です」

「様なんて付けられるような身分じゃねえんだけどな」

「リヒト様はリヒト様でございます」

ゲラルトは笑顔なのに押しが強い。ゲラルトにとってアロイスの呪いを解いた理人は敬《うやま》うべき存在であるようだ。

「まずはお部屋の説明からさせていただきます。本日からこちらのお部屋がリヒト様のお部屋となります」

「そういや、昨日の部屋と違うな」

目覚めたときは気づかなかったが、今になってよく見れば、室内にある家具が昨日連れ込まれた部屋とは違う。

「お休みの間に、お部屋の準備が整いましたので、運ばせていただきました」

どれだけぐっすりと眠っていたのか。所有印を付けられたり、寝たまま運ばれたりと、日本人だった頃には考えられないことだ。あの頃は眠りが浅かった。何かの気配ですぐに目が覚めるし、人の気配があれば眠れないほどだった。

ゲラルトがさらに説明を続け、この部屋には浴室とトイレが備え付けとなっていて、さっきアロイスが出て行ったのとは違うドアが、そこへ続いているのだという。そして、着替えも必要だろうと、とりあえずの数日分だけ城にあったものをクローゼットに、新しいものは早速《さっそく》、仕立屋に注文を出したところらしい。至《いた》れり尽《つ》くせりの好待遇《こうたいぐう》だ。

「何かご質問はございますか？」

「質問か……」

わからないことが多すぎて、逆に何を聞いていいかわからない。理人は首を傾げ、なんとなく室内に視線を巡らせた。そこで理人にくっついているスライムが目に入った。

「こいつもここに置いといてもいいか？」

なりゆきとはいえ、ここまで連れてきてしまった以上、スライムについては理人が責任を持って世話をしなければならないだろう。理人はスライムを持ち上げてゲラルトに確認する。

「もちろんでございます」

「従魔契約とやらをしていなくても？」

「スライムは害《がい》にはなりませんから」

「弱すぎて？」

理人の問いかけに、ゲラルトはにっこりと笑うだけだ。

「スライムについて、何も知らないんだけど、食事は？」

「雑食です。なんでも食べますが、体の大きさに見合った量しか食べません」

「なんでもって言われても……」

「たとえばですね」

悩む理人を助けるように、ゲラルトが窓際《まどぎわ》にあった鉢植《はちう》えの葉を一枚引きむしり、スライムへと差し出した。

「おや？　食べませんね」

新鮮《しんせん》な緑の葉を前にしても、スライムは動かない。ゲラルトは不思議そうに首を傾げる。

「普通はこういうのも食べるんだな？」

理人はゲラルトから葉を受け取り、もう一度、スライムの前に差し出してみた。

「うん？」

引っ張られるような感覚に、理人は手の先を見つめる。葉はスライムの中へと徐々に吸《す》い込まれ、消えていく。視覚的には呑み込んでいるというより、スライムの中で溶《と》けているようだった。

「リヒト様からでないと食さないと。従魔契約をしていてもここまで懐かれることは、なかなかございません」

「お前にとっても、俺は命の恩人だからか？」

他に理由が思い当たらず、スライムに問いかける。もっとも、スライムは言葉を発しないから返事はなかった。

ゲラルトが鉢ごとベッドのそばに持ってきてくれた。とりあえずの食事にということだろう。理人はそこから葉をちぎってはスライムに与える。最初に体の大きさに見合う量しか食べないと言われたとおり、スライムはすぐに満腹になったらしく、ぴょんと飛び上がり、リヒトの膝の上に移動した。そして、また動かなくなった。どうやら眠ってしまったようだ。

「そういや、俺もこの体になってから、何も食べてないな」

思い出さなかったのは、空腹を感じていなかったからだ。昨日、湖のほとりで目覚めたときから、丸一日は経過しているのにだ。

「それはアロイス様の魔力が体内に入ったからです」

「魔力?」

またわからない話になってきた。軽く眉間に皺を寄せたことで、理人が理解していないことがわかったのだろう。ゲラルトはすぐさまその説明を始めた。

「日々、生活をするだけで魔力は消費されます。その消費される以上の魔力を他者から与えられると、食事をしなくても生命が維持《いじ》できるのです」

「性交をすれば、魔力ってのは分け与えられるもんなのか?」

体内に何かが入る機会など、抱き潰された昨日のセックスしか思い当たらない。どうせ何もかも知っているだろうゲラルトに誤魔化《ごまか》しても意味はないと、理人は明け透《あす》けな物言いで尋ねた。

「まさか。子種を注ぐときに意識的に魔力を乗せるのですが、普通は致しません。自分の魔力がその分減るわけですから」

「減るのか？」

「ええ、減ります。普通の生活をする以上の消費です」

それならば通常は他人に分け与えたりしないというのも納得だ。

「あいつは、なんでそんな面倒《めんどう》なことをしたんだ？」

「推測《すいそく》になりますが、お食事を召《め》し上がることができなさそうだと判断してではないでしょうか」

「せっかく捕まえた天使だからな」

理人は卑下《ひげ》するわけではなく、ただ単純にそうだろうなと思っただけだ。やはり天使であることに他人事感があった。

天使は希少性が高い故に、その生態系《せいたいけい》もきっと詳しく知られていないのだろう。人間なら一日二日食べなくても死ぬことはないが、天使ならどうかはわからない。それをアロイスは気にしたのかもしれない。

「私《わたくし》めも長く生きておりますが、天使を目にするのは初めてでございます」

「世話になるし、何か使うか？　羽根とか生き血とか」

言い伝えが真実かどうか試せるチャンスだと、理人は自ら提案した。羽根を一枚や二枚、むしり取ったところで命に関《かか》わることもないだろうし、血も少しくらいなら抜いても大丈夫だろう。

「滅相《めっそう》もない」

ゲラルトが慌てて顔の前で手を振り、理人の申し出を拒《こば》んだ。

「宿代くらいになるかと思ったんだけどな」

「宿代どころか、宿が建てられます。ですが、そんなことよりも、もし、本当に効果があるとわかったら、天使族が狩《か》り尽くされる恐れがあります」

「結界があるんだろ?」

「あってもです。一財産が築けますから、どうにかして攻め込もうとする輩《やから》は出てくるでしょう」

物騒《ぶっそう》な話になってきた。理人自身も天使だと知られると狙《ねら》われることもありそうだ。

「天使だとバレないようにしたほうがよさそうだな」

「そのほうがよろしいかと」

ゲラルトが深く頷いて同意した。

「あとは……」

何か伝え忘れがないかと、ゲラルトは考えを巡らせる様子を見せたが、すぐに何か思いついた顔になる。

「ああ、忘れておりました。治癒師は必要でしょうか?」

「どこも怪我はしてねえけど」

「いえ、治癒師は疲れを取ることもできますから、体の怠《だる》さや違和感などもなくなります。城には治癒師がおりますので、すぐにお呼びできますが……」

「そんな大袈裟《おおげさ》なことをしなくても、寝てれば疲れなんて取れる」

治癒師が何かは知らないが、話の内容からすれば、医者のようなものだろう。だとすれば、セックス疲れ程度で来てもらうのは申し訳ない。元々、あまり医者にはかからなかったから、余計にそう思う。

「俺も治癒が使えると言ってたけど、その治癒師と同じようなことができるってことか？」

「アロイス様が仰ったのですから、使えるはずです。治癒師から話を聞いてみますか？　使い方を教われば、今後、役に立つかと」

「そうだな。頼めるならそうしてもらおう」

どうせ暇だしという言葉は呑み込んだ。

これからも理人は城にいるのだし、何もかもを今日決めてしまわなくてもいいと、疲れている理人を休ませるため、ゲラルトは早々に部屋を出て行った。

残されたのは理人とスライムだけだ。ゲラルトがいる間は体を起こしていたが、もういいだろうと、理人は再びベッドに寝転がる。そうすると、スライムはぴょこぴょことジャンプで移動し、理人の胸の辺りで止まった。

「お前はずっとここにいていいのか？」

理人はスライムに問いかける。表情もないし、何も話さないけれど、どうもこの動きを見ていると、理人の言っていることを理解しているように思えてならない。

「外に行きたいなら、逃がしてやれるぞ？」

他に行くところのない理人は出て行けないが、スライムが外に出ることを誰も止めないだろう。元々が外で生きていたのなら、そのほうがいいかもしれないと提案した。だが、スライムは何の反応も見せなかった。

「もう寝てんのか?」

飛んで移動したのはついさっきなのにと、理人は笑う。

怪我を治したからであっても、スライムは身を挺《てい》して理人を庇《かば》おうとした。だから、無条件にスライムは味方だと思える。アロイスの呪いを解いたことで、ゲラルトは理人に対して好意的だが、それもアロイス次第だ。アロイスの気が変われば、いつでも城から放り出されるし、ゲラルトもアロイスに抗《あらが》ってまで理人を庇うことはないだろう。

住むところがある今のうちに、この先、どうやって生きていくのかを考えておくべきだ。そのためには、この世界についてもっと知らなければならない。

スライムを撫《な》でながら、漠然《ばくぜん》と先のことを考えていたが、ベッドで横になっているからか、自然と瞼《まぶた》が落ちてきた。昨晩《ゆうべ》のせいか、それとも魂の転移などという未知の体験のせいか、理人はまた眠りに落ちた。


どれくらい寝ていたのか。理人は胸元で振動《しんどう》する何かに眠りを妨《さまた》げられ、目を開ける。

「どうした?　腹でも減ったか?」

理人を起こしたのは、胸の上でジャンプするスライムだった。理人の問いかけに、スライムは窓に向かって飛んでいく。鉢植えはベッドのそばに移動したから、そこには何もない。

「外に出たいのか?」

問いかけながら、理人はベッドを下りた。そこでようやく自分がまだ全裸《ぜんら》なことに気づく。スライムしかいないとはいえ、裸では落ち着かない。とりあえず何か羽織《はお》るだけでもと視線を巡らせば、丸いテーブルの上に折《お》り畳《たた》まれた白いシャツのような物が置いてあるのが目に入った。

「これでいいか」

ホテルのルームウエアのような一枚で着られるタイプの服だった。理人はそれを手に取り、頭から被る。膝まで隠れるから、下着はなくても今のところはこれで充分だ。

理人が服を着ている間も、スライムは窓に張り付いたままだ。部屋が明るいから気づかなかったが、外はすっかり日も暮れて、夜に変わっていた。そんな窓《まど》の外、部屋から漏れる灯《あか》りの中に、白い物体が見えた。ドラゴンだ。スライムはそれに気づいて理人を起こしたらしい。

理人は急いで窓を開ける。すぐにドラゴンが部屋に飛び込んできた。

「窓くらい開けておいてほしいものだ」

昨日と変わらず、ドラゴンの態度は偉そうだ。理人を置いて逃げたことなど、全く気にもしていない。

「まさか、のこのことやってくるとは思わなかったからな」

「どういう意味だろうか？」

心底、わからないと、ドラゴンは不思議そうな声で問い返す。

「俺を置き去りにしておいて……、いや、違うな。俺を囮《おとり》にして、自分だけ逃げたんだ。お前が最弱だと言ったスライムでさえ、俺を庇ってくれたのにな」

「おかしなことを言う。あの男に敵《かな》わないことはもうわかっているんだ。どうして、立ち向かう必要がある?」

ドラゴンは逃げたことを堂々と認めただけでなく、何が悪いと言わんばかりの態度だ。

「お前の体がどうなってもよかったのかよ」

「まずは私が生きていることが最優先だ。怪我をしても、貴様が治せるのだから、問題はない」

「即死《そくし》だったら、どうにもできねえけどな」

「天使の体が目当てなのだから、無茶《むちゃ》はしないとの判断だ。そのとおりだったであろう?」

反省するどころか、読みが当たったことを得意げに語るドラゴンに、もはや怒るのも馬鹿馬鹿しくなってきた。

「で、今頃来て、何の用だ?」

「私の体が無事かどうかの確認だ」

「見てのとおり、怪我はしてない」

無事だと言い切るのは正解かどうか迷うところで、理人はそんな表現に留《とど》めた。この世界での男同士の性行為が、どう受け止められるのかわからないし、ドラゴンの価値観も不明だ。元はこのドラゴンの体だし、本人が知っておくべきことだとは思うのだが、口にしづらかった。

「それでいい。私の体だ。傷などつけないように」

偉そうに言うドラゴンに、理人は顔を顰める。

「自業自得《じごうじとく》で死にかけた奴が何を言ってやがる。だいたい、そのときの怪我だって俺が治したんだろうが」

「貴様に治癒の力が宿ったのは不幸中の幸いだ。やはり神は私を見てくださっている」

ドラゴンから初めて天使らしい台詞を聞いた。天使は神の使いだと言っていたから、神への信仰心《こうしん》は他の種族よりも高そうだ。

「お前、今まで何やってたんだ？」

「もちろん、その体に戻る方法を探していた」

確か昨日もそんなことを言っていたような気がする。天使からドラゴンになったのだ。それでいいかと受け入れられるはずもないだろう。

「見つかったのかよ」

「そんなに早く見つかるはずなかろう」

何を言っているのだと馬鹿にするような態度だが、ドラゴンは最初からこんな奴だった。腹を立てるだけムダだと、理人は気になっていることを尋ねた。

「もし、その方法とやらが見つかって、お前がこの体に戻れたら、俺はどうなる？　入れ替わりでドラゴンになるのか？　それとも別の体に？」

「今回のことを踏まえて考えると、抜け出た魂は空《あ》いた体に入ることになるだろう」

「空いた体がなかったら？」

理人がさらに問いかけると、ドラゴンは軽く首を捻《ひね》った。

「それはそのときになってみないとわからない。異世界から貴様の魂が来たように、この世界に空きがなかったら、異世界に戻るのかもしれんな」

「わからないで済ませんなよ」

「仕方ないだろう。私が探しているのは元の体に戻る方法であって、体をなくした魂の行き先ではないからな」

ドラゴンが他人を気遣うタイプでないことは、昨日の段階でわかっていた。自己愛の激しい、自己中心的な性格ではあっても、理人の魂を呼び寄せたことに対しての責任くらいは取るだろうと、勝手に天使だからと思い込んでいた。その自分の思い込みが嫌になる。

「だったら、あのとき死んだままにしておけよ。お前はもう一回、俺に死ねって言ってるんだ」

長生きしたいとは思っていないが、死を体験するのは一度で充分だ。理人は淡々《たんたん》と不条理《ふじょうり》を訴える。

「一度目の死に、私は関わっていないからな。そこの責任は取れない」

「二度目の死にも責任なんて取れないだろ。そのときにはもう俺は死んでんだから」

「確かにそのとおりだ」

ドラゴンが笑い出す。理人にとってはどこにも笑いどころなどないのにだ。

「お前がそんな態度でいるなら、俺も好きにさせてもらう。この体をな」

「なんだと？　それは私の体だ」

「今は俺のだ」

理人はフンと鼻で笑い飛ばす。

理人にはどうしようもできなかったとはいえ、アロイスに抱かれてしまったことを少しは申し訳ないと思っていた。だが、ドラゴンの態度で、そんな気持ちもなくなった。

「怪我をしたって治せることだしな」

「傷跡《きずあと》が残ったらどうするのだ」

「別にどうもしない。俺には関係ないしな」

「貴様、わざと傷を付けるつもりか」

理人の挑発《ちょうはつ》にあっさりと乗ったドラゴンが声を荒《あ》らげる。

「さあ、どうかな」

さらに挑発を続ける理人に、スライムがピョンと跳《と》びかかってきた。咄嗟《とっさ》に腕で受け止めたが、攻撃を仕掛けたわけではなく、まるで宥《なだ》めているようにすり寄ってくる。スライムの判断能力がどれほどのものか知らないが、少なくとも怒りの感情は伝わるようだ。

理人とドラゴンの睨み合いは、スライムのおかげではなく、ドアが開く音によって急な終わりを迎えた。

この部屋を訪れるのはアロイスかゲラルトくらいで、ノックがなかったことからアロイスで間違いないだろう。そのアロイスが姿を見せる直前、ギリギリのタイミングで、ドラゴンは窓から飛び去った。

「誰がいた？」

侵入者《しんにゅうしゃ》があったことはわかっていて、アロイスはやってきたのだから、この質問をされることに疑問はない。

「この体の持ち主」

「俺が力加減を誤《あやま》って殺しかけた奴か」

アロイスはおかしそうに喉《のど》を鳴らして笑う。

「ああ、その本物の天使だな」

「だが、体はここにある。となると、奴はどうなってる？」

「森の中で見たんじゃなかったのか？」

「声だけだ。多少離れていても、声を拾うことくらい容易《たやす》いからな」

アロイスにも知らないことはあるのかと、理人は少し楽しくなって口元を緩める。

「何がおかしい？」

理人の些細《ささい》な表情の変化にも気づき、アロイスが顔を覗《のぞ》き込んでくる。

「おかしいことになってるからな。元天使の今の姿は、でっかいトカゲだ」

「トカゲ？」

「本人はホワイトドラゴンの幼体だと言ってた」

「なるほど。だから、飛んで入ってこれたのか」

ドラゴンの中に魂が入ったことに、アロイスはさして驚いたふうはない。そもそも理人が天使に入ったのだから、同じようなことが起きても不思議はないと思っているのかも知れない。

「この体を取り戻す方法を探しているらしいぞ」

理人は他人事のように報告するしかなかった。ドラゴンが方法を見つけ出せば、理人に拒む理由はない。この体はドラゴンのもので、元の持ち主に戻るのが一番だ。

「なら、その前に消すか」

アロイスはこともなげに物騒なことを言い出した。

「天使が欲しかったんじゃないのか?」

「お前がいるだろう?」

「本物じゃないぞ」

「本物かどうかなんて関係ない。俺の呪いを解いたのはお前だ」

アロイスの言葉が投げやりになっていた心を温かくする。借り物の体で、本当の自分は魂だけの実体がない存在。いつ消えてもおかしくないと最初から諦《あきら》めていた。だが、理人でいいと言われて、存在していていいのだと認められた気がした。

「ドラゴン程度、いつでも消せるが、念のため、こうしておこう」

アロイスが理人の首の後ろ、所有印に手をかざし、聞き取れない呪文《じゅもん》のような言葉を呟いた。

「今、何か魔法をかけたのか?」

「ああ。防御《ぼうぎょ》の魔法をな」

「どんな効果があるんだ?」

「攻撃を弾《はじ》く。うっかりスライムを庇ったりしそうだからな、念のためだ」

理人の手の中にいるスライムを見ながら、アロイスが説明する。

ないとは言い切れない。スライムの面倒を見ると決めてしまったから、スライムを攻撃されるようなことがあれば、理人が戦うことになるだろう。所有印は気に入らないが、防御の魔法はありがたく受け入れた。

「今日もこっちなんだな」

アロイスは子供の姿ではなく、また大人の姿で現れていた。長時間は維持できないと言っていたのに、気安く姿を変えすぎではないだろうか。

「こっちのほうがお前に触れやすい」

首の後ろに回っていた手が、そのまま理人の髪を撫でる。

アロイスの手の動きに性的なものを感じ、理人は尋ねる。

「また……やるのか?」

「今日も食事をしていないだろう。補給が必要だ」

そう言ったアロイスの顔が近づいてくる。

避《さ》けようとは思わなかった。昨晩、あれだけ抱かれているのだから、今更だ。それに元天使のドラゴンより、魔族のアロイスのほうが好感が持てる。

アロイスの唇が理人のそれに重なる。

触れ合った唇から、熱い何かが流れてくる。昨日は気づかなかったが、これが魔力なのだとわかった。

「んっ……ふぅ……」

唇が離れると熱い息が漏れる。それほど濃厚《のうこう》なキスでもなかったのに、どうやら魔力を流されると体が熱くなるらしい。

薄い部屋着だけの理人の背中から腰にかけて、アロイスの手が撫でるように滑り落ちる。下着を身につけていないから、アロイスの手の感触がリアルに伝わってくる。

「するのはわかった。けど、コイツはどこか見えないところに連れて行ってくれ」

まだ理人の手の中にいたスライムの存在をアロイスに訴える。

「何をしてるのか、わかってないぞ?」

「それでも気になるんだよ」

「いいだろう。ずっとお前に張り付かれていても邪魔だ」

アロイスによって呼び出されたゲラルトが、またスライムを連れて出て行った。まるで昨日の再現をしているかのような光景に、理人はつい笑ってしまう。

だが、理人が笑っていられたのもここまでだった。今日もまたアロイスに抱き潰され、翌日も寝て過ごすことになってしまった。

3

結局、理人が治癒師の下《もと》を訪れたのは、この城に来て、一週間も経《た》ってからだった。忙しかったわけではない。まだこの体に馴染んでいないのか、やたらと眠くて、ほとんど寝て過ごしていた。もっとも夜になるとアロイスが現れて理人を抱くから、翌日は体の怠さでベッドから出る気になれなかったせいでもある。

だが、一週間も経てば、この体にも、そんな生活にも慣れてきて、起きている時間のほうが長くなった。体内を巡る魔力を自然と操作できるようになったからだろうとは、ゲラルトの分析《ぶんせき》だ。

「ですので、以前に話していた治癒師のところに参りましょう」

理人の部屋を訪れたゲラルトが、そう提案した。理人も寝てばかりの生活に飽《あ》きてきたところだったから、不満はない。

「行くのはいいんだけど、俺の扱《あつか》いはどうなってんだ？」

「扱いとは？」

「コレがあるから、アロイスの所有物だってことはわかるんだろうけど、客分なのかペットなのか、周囲にはどう説明してんのかと思ってな」

今まではこの部屋を出なかったから、周囲の目を気にすることもなかった。だが、初めてアロイスとゲラルト以外に会うことになるのなら、その辺りは把握《はあく》しておきたかった。

「アロイス様は配下に説明などされませんので、認識としては大事な客人となっております。私個人としては、アロイス様の専属治癒師《せんぞくちゆし》と認識しておりますが」

皇帝陛下《こうていへいか》の専属治癒師。随分と大仰《おおぎょう》な肩書きができてしまった。理人が意識的に治癒を行使したことなど一度もないのにだ。

「それならなおさら、治癒師らしいことを覚えてこないとな」

「アロイス様に効果があるのですから、今のままでも構わないのですが、リヒト様がご自身に治癒をかけられないのは不便でしょう」

アロイス至上主義のゲラルトらしい言い分だが、理人への気遣いも窺《うかが》える。

「お前は留守番だな」

教えを請う立場だから、邪魔になってはいけないと、理人はスライムをテーブルの上に乗せた。そこにはスライム用に常備している籠一杯《かごいっぱい》の野菜もある。

「腹が減ったら、それを食ってるんだぞ」

スライムに言い聞かせる理人を見て、

「ご用意するのは野菜だけでよろしいのですか？」

ゲラルトはスライムの食事について確認してきた。とりあえず、野菜を持ってきてほしいと最初に言っただけで、理人は他の注文はしなかった。

「俺の食い残しも食べてるから、これで充分みたいだ」

喋れないものの、スライムは行動で示すことが多い。満腹になれば、一人でベッドに戻り、寝てしまうから満足しているのはわかるのだ。

「食い残し……。食器が綺麗に片付いているので、てっきり完食されているのかと思っておりました。お口に合いませんでしたでしょうか？」

「いや、そうじゃなくて、あんまり腹が減ってねえんだよ」

何故かは口にしなかったが、ゲラルトは察したようだ。アロイスが頻繁《ひんぱん》に部屋を訪ねてきては、魔力供給をしていく。毎回、性行為まではしなくても、キスだけでも理人の体にアロイスの魔力が入ってくる。そのせいで、こっちの食事に慣れようと運ばれてくる料理を食べても、すぐに満腹感を覚えていた。だから、残すくらいならとスライムに分け与えることにしたのだ。

「そういうことでしたら、今後も食事はお運びいたします。足りなくなったら、仰ってください」

ゲラルトに納得してもらったところで、二人は連れ立って部屋を出た。治癒室にはゲラルトが連れて行ってくれるらしい。

この城に初めて来たときは窓から入った。それ以来、引きこもりだったから、こうして部屋の外に出るのは、これが初めてだ。

城は外観から想像できるとおりの内装で、中世ヨーロッパの雰囲気《ふんいき》は内部にも施されていた。その廊下を少し進んで、クラシカルな手すりの階段を下りていく。

城内を歩けば、ゲラルト以外の魔族を見かけるようになった。だが、誰も近づいてこない。それでも興味がないわけではなく、遠巻きに探るような視線をひしひしと感じた。アロイスの所有印を持つ理人が何者なのか。何も情報を与えられていなければ、外見から探るしかない。

「俺はちゃんと人族に見えてるか？」

視線の意味を探ろうとゲラルトに尋ねる。

「そうですね。今は羽根も隠れておりますし、目に見える他の特徴《とくちょう》もありませんから、おそらく人族だと思われてることでしょう」

「人族は嫌われてる?」

心地いい視線ではないことから、理人はその可能性に思い当たった。

「嫌うというより、下に見ていると言ったほうが正しいでしょう」

「下に見るって言うと、種族として劣《おと》っているとか?」

その辺りのことはまだ理人には知識がない。この世界には人間以外の種族がいるのだと教えられたが、まだ天使と魔族しか知らない。しかも会ったのは、アロイスとゲラルトだけという、極《きょく》端《たん》に限られた知識だ。

「人は魔力を持ちません。そのくせ、繁殖力《はんしょくりょく》は魔物並です」

ゲラルトの声にも蔑《さげす》んだような響きがあった。ゲラルト自身、人間を下に見ているし、好感も持っていないのがよくわかる。

理人も今は天使の体だが、気持ちはまだ人間のままだ。だから、どうしても、魔族たちに蔑まれる人族の立場になってしまい、いい気持ちはしなかった。

「人族の国ってのもあるのか?」

「ございます。が、今は我が国の属国《ぞっこく》となっております」

「戦争に勝って従えたとか?」

「はい。アロイス様が皇帝になって、すぐの頃です」

ゲラルトによると、皇帝が代替わりする混乱に乗じて、戦争を仕掛けてきたのは人族の国だった。人族は魔力を持たない代わりに武器の開発が進んでいて、勝てる見込みがあるとの判断だったらしいが、アロイス一人で撥《は》ね除《の》け、一気に制圧してしまった。

「アロイス様は人族の国などいらないとおっしゃって、結果、属国とすることで落ち着きました」

「だから余計に下に見られることになったのか」

理人は呆《あき》れつつも納得した。蔑まれる原因は種族だけの問題ではなかったようだ。

そんな話をしているうちに、治癒師のいる部屋までやってきた。日本で言えば医務室のようなものだろう。

「ゲラルト様、ご用であれば、私から伺《うかが》いましたのに」

ゲラルトの登場に、部屋にいた女性が慌てて席を立った。尖《とが》った耳と、はみ出す程に尖った犬歯が吸血鬼《きゅうけつき》っぽい雰囲気を醸《かも》し出している。人間と違って、魔族にはいろんなタイプが存在しているようだ。

「こちらに用があって来たのです」

ゲラルトは女性の勢いを手で制してから、

「ダニエラ、このお方に治癒魔法の使い方を教えてさしあげなさい」

顔を横に向け、理人を指し示す。

ダニエラと呼ばれた女性魔族は、ここで初めて理人に気がついたように視線を移した。

「治癒を……ですか？」

ダニエラから理人に向けられる視線も険しい。ゲラルトを出迎えたときとは表情まで変わり、嫌な者を見る目だった。

「しかし、人族に魔法は……」

理人をチラチラと見つつ、ダニエラはゲラルトに向けて言葉を募る。狙いどおり人族だと思われている。

「人族ではありません。詳しくは話せませんが、こちらはアロイス様の大事なお方です」

ゲラルトがアロイスの名前を出した途端、ダニエラの表情が一層《いっそう》険しくなった。魔族だからなのか、その顔は悪鬼《あっき》のようにさえ見える。

「人族ではないにしても、治癒は誰にでも使えるものではありません」

ゲラルトに対して最初に見せた愛想《あいそ》の良さはどこにいったのか、命令には従いたくないという意思が言葉の端々《はしばし》から感じられる。人族への嫌悪感《けんおかん》はなくなったはずなのに、今は憎悪《ぞうお》とさえ呼べそうな雰囲気があった。

理人は一つ溜息《ためいき》を吐くと、ここに来てから初めて声を発した。

「ゲラルト、もういい」

「ですが……」

「この女に教わらなくても、使えてはいるんだ。アロイスから覚えろとも言われてねえし」

理人は淡々と事実を告げた。自分自身に治癒が必要なときが来るかもしれないが、そのときはそのときだ。こんな態度のダニエラから、まともに教えてもらえるとは思えない。

理人が部屋を出るかと踵《きびす》を返しかけたとき、

「確かに俺は言ってないな」

そう言ったのは、いつの間にか現れた子供姿のアロイスだ。本当に理人とゲラルトの前以外では、大人の姿を見せないようにしているようだ。

「アロイス様」

ダニエラが嬉しそうな声を上げる。そんなダニエラの態度から、さっきまでの憎悪の理由がわかった。要するに、ダニエラはアロイスに惚《ほ》れていて、アロイスの大事な方と紹介された理人のことが気に入らないのだ。

「治癒魔法を使いたかったのか？」

アロイスはダニエラを一瞥《いちべつ》すらせず、理人の前に立ち、理人だけを見て問いかける。

「暇つぶしにな」

「俺が相手をしてやれないからか？」

そう言いながら、アロイスは手を回して、理人の後ろ髪を掻き上げた。

理人はダニエラに背中を向けている。だから、今のアロイスの仕草で、理人の首の印を見せつけることとなった。所有印は直接見えなくても、魔力がそこに残っていて、誰のものかわかるらしいが、ダニエラにはそれを察する力はなかったようだ。

「アロイス様、そ、そのお方は……」

アロイスの所有印に気づいたダニエラが、焦《あせ》ったように話しかける。だが、アロイスは完全無視だ。ダニエラの声は耳にも届いていないといった様子だった。

「部屋に帰るのか?」

「ああ。もうここに用はないからな」

「ならば、送っていこう」

最後までダニエラを無視し、アロイスは理人の腰を抱いて歩き出す。

今のアロイスは子供の姿だ。本来、大人でなければ様にならないエスコートも、アロイスの醸し出す雰囲気のせいか、違和感は全くなかった。

アロイスと一緒にいるおかげで、行きに感じたような視線を浴びせられることもなく、理人は部屋へと帰り着く。

「ゲラルト」

理人は部屋に入るなり、付いてきていたゲラルトに呼びかける。

「なんでございましょう」

「魔族がモテる要素ってなんだ?」

理人が疑問を抱いたのは、アロイスは子供姿なのに、ダニエラが完全に女の目で見ていたことだった。

「魔族は一にも二にも魔力の強さです」

「そういうことか。だから、子供の姿でも……」

納得してアロイスに視線を向けると、既にアロイスは大人になっていた。

「俺がモテるのが気になるのか？」

「子供相手にって思ったんだけど、魔力しか見てないなら、姿形は関係ないんだな」

茶化《ちゃか》そうとするアロイスを無視して、理人はゲラルトに確認を求めるように言った。

「そのとおりでございます」

「だったら、呪いが解けたことも隠す必要がないんじゃねえの？」

感じた疑問を理人はどちらにともなく問いかける。

「油断させるためだ」

「誰を？」

「前皇帝一派《いっぱ》の残党《ざんとう》です」

アロイスに代わり、ゲラルトが答える。

「アロイスに呪いをかけた奴は、もういないんだろ？」

「前皇帝は亡くなりましたが、熱狂的《ねっきょうてき》な側近が、まだ何やら企《たくら》んでいる様子」

「チョロチョロと彷徨《うろつ》かれるのは目障《めざわ》りだからな。おびき出して一気に叩《たた》いてやるために、まだ完全ではないと思わせたい」

アロイスの口ぶりでは、向かってきたとしても敵《てき》にもならない存在のようだ。

「まあ、そっちは俺と関係ないけど、俺は天使じゃなくて、お前の呪いも解けてないってことにしておけばいいんだな？」

「理解が早くて助かります」

ゲラルトが感謝の気持ちを込めて頭を下げる。その一方で、アロイスはニヤリと笑って、理人の頭を撫でた。

「いい子だ」

完全な子供扱いに理人の眉間に皺が寄る。

実年齢の差を考えれば、子供と大人どころの差ではないが、今の見た目はアロイスのほうが少しだけ若いように見える。それに子供姿を知っているから、違和感しかない。

理人の複雑な心境《しんきょう》が表情に出たのを、アロイスは愉快《ゆかい》そうに笑っていた。


城暮らしも十日も経《た》てば、最初の緊張《きんちょう》も物珍《ものめずら》しさもなくなり、ただただ暇《ひま》を持て余すようになっていた。部屋を出るなとは言われていないから、城内の散策《さんさく》もしてみたが、理人《りひと》にアロイスの所有印《しょゆういん》があることをダニエラが吹聴《ふいちょう》して回ったのか、嫌《いや》な視線の中に妬《ねた》みも混じるようになっていた。何か言われるわけでもないし、手出しされることもないのだが、気持ちのいいものではない。それで、結局、これまでと同じ、引きこもる生活が続いていた。

ドラゴンはあの日以来、一度も顔を出さない。アロイスは気まぐれにやってきては理人を抱いていくが、それは夜だけで、日中はスライムを相手に喋《しゃべ》るくらいしかすることがなかった。

「城の外なら、マシになんのかな」

理人は窓から外を眺《なが》めて呟《つぶや》いた。城内にいるのは、ほとんどが魔族《まぞく》で、外見上、何の特徴《とくちょう》もなく人族《ひとぞく》のように見えるのは理人だけらしい。だから、差別的《さべつてき》な目で見られるのも仕方のないことかもしれない。だが、街に行けば、種族はもっと雑多《ざった》になるとゲラルトに教えられた。それなら、外見が人族でも目立ちにくくなるのではないか。

この世界に呼び寄せられてから、まだ最初の森とこの城しか知らない。窓からはその森が遠くに見えた。

「なんだ、外に行きたいのか？」

不意に背後から声をかけられたが、いつものことで、もはやアロイスが前触《まえぶ》れなく現れることにも慣れてしまった。

「外に行きたいっていうか……」

理人は答えに迷《まよ》う。城の主に、城の雰囲気《ふんいき》が嫌だとは言いづらいし、無言の視線に負けているような気もして言いたくなかった。

「することがなくて暇を持て余してる」

「そういうことか」

アロイスは納得したように頷《うなず》く。

「それなら、街に行ってみるといい」

「いいのか？」

まさかアロイスに街行きを勧《すす》められるとは意外だった。なんとなくだが、所有印までつけられたくらいだから、近くにいることしか許されないと思っていた。

「どこにいようがコレで居場所がわかるからな」

アロイスが理人の首の後ろを撫《な》でた。

今日もアロイスは大人の姿でやってきた。そうなるとアロイスのほうが背は高くなり、少しだけ見下ろされることになる。日本人だった頃は、身長が一八〇センチ近くあったから、見下ろされる経験はほぼなかった。だから、この体勢は妙に落ち着かない気持ちにさせられる。

「ついでに必要なものを買ってこい。着替えも必要だろう」

アロイスがそう指摘《してき》したのは、理人がずっと同じ格好《かっこう》をしているからだろう。さすがにこの部屋を出るときには着替えていたが、それ以外は、最初に見つけた部屋着だ。

「部屋にいるだけなんだから、これで充分だろ」

「脱《ぬ》がせやすいのはいいが、色気は全くない」

アロイスがそう言ってニヤリと笑う。

「そんなもん、元からねえよ」

「いや、この黒い瞳《ひとみ》と目元の黒子《ほくろ》はなかなかいい」

「黒子?」

そんなものがあったのかと、理人は訝《いぶか》しげに問いかける。

思い返してみれば、こっちの世界に来てからというもの、一度も鏡《かがみ》を見ていなかった。自分の姿を確認したのは、湖《みずうみ》を覗《のぞ》いたときだけだ。それも鏡ほど鮮明《せんめい》には映らないから、黒子までは確認できなかった。

「ここだ」

アロイスが指先で黒子の場所を教えてくれる。左目の目尻《めじり》の下だった。

「元々なかったのか？」

「いや、あった。あったんだが……」

今の顔はおぼろげにしか知らなくても、元の顔のことならよくわかる。黒子の位置も忘れていない。まさに、アロイスが触れた場所だ。

魂《たましい》だけが転移《てんい》して、天使《てんし》の体に入り込んだはずだった。なのに、黒髪も黒目も理人のもので、そのうえ、黒子までとなると、転移したのは魂だけではない可能性も出てくる。もしかしたら、自分では気づいていないだけで、他にも元の体と同じ箇所があるのだろうか。

「何を考えてる？」

伏《ふ》し目がちに思考に耽《ふけ》っていた理人の顎《あご》を摑《つか》んで、アロイスが視線を上げさせる。

「この黒子、天使にもあったのかなって」

「それはどうだろう。少なくとも魔族に黒子は存在しない」

「天使族にも黒子がないかもしれない？」

「そうだな。人族にあるのは知っていたが、他の種族で聞いたことはない」

体のつくりがそんなところから違っているのかという驚《おどろ》きはある。だが、それ以上に、自分の部分がまだあったことに喜びを感じた。

ずっと借り物の体だという意識があった。いずれは返さなくてはならない体なのだと思っていた。だが、理人の部分が多ければ、百パーセント借り物ではなくなる。無条件で返さなくてもいいのではないかと思えてきた。

「悩むくらいなら、消してしまえばいいだろう」

理人が何を考えているのか、アロイスにはバレていた。そして、また物騒《ぶっそう》なことを言い出した。

「消すって簡単に言うけど、あいつがどこにいるかわからないんだぞ」

「探そうと思えば、すぐに見つけられる」

アロイスは事もなげに言った。アロイスにとっては、ドラゴン一匹《いっぴき》を探すことくらい造作《ぞうさ》もないことで、おそらく幼体ではなく成体のドラゴンであっても、殺すのは簡単なのだろう。

「今はまだいい。向こうが仕掛けてきたら考える」

理人は今度もまた、アロイスの申し出を断った。

もしかしたら、ドラゴンが自分だけでなく、理人も生き残る方法を見つけ出してくれるかもしれない。その可能性はゼロではないのだ。

「街に行けば、また接触してきそうだが」

「それはありそうだ」

アロイスに見つからないようにしているなら、ドラゴンはもう城には来られないだろう。どこかで理人が城を出る機会を窺《うかが》っている可能性は高そうだ。

「案内係兼《けん》、護衛《ごえい》を付ける」

アロイスはそう言うなり、また何か知らない呪文《じゅもん》を唱《とな》えた。

アロイスの足下から黒い霧《きり》のようなものが湧《わ》き上がり、それが次第に形をなしていく。

「なんだ、これ」

表現する言葉が他に出なかった。見たことのない生きものが理人の前に現れた。その衝撃《しょうげき》はベッドで寝ていたスライムが飛び起きるほどだった。

一つは黒い犬のような形状《けいじょう》だが、首から上が二つあって、どちらの顔も子供なら泣き出しそうなほどに凶悪《きょうあく》だ。もう一つは額《ひたい》に宝石が埋《う》め込まれていて、ウサギのように長い耳を持っているが、ウサギの可愛らしさは存在しない。険《けわ》しい顔つきだった。

「俺の使い魔《つかいま》で、ケルベロスにカーバンクルだ」

「使い魔？」

また知らない言葉が出てきた。理人が顔を顰《しか》めたことで、意味を理解していないとわかったのだろう。アロイスが手短に説明する。

「俺の配下だ。魔力で繋《つな》がっていて、普段は影《かげ》に控《ひか》えさせている。俺が呼び出さない限りは外に出られない」

「従魔《じゅうま》とは違うんだな？」

以前にスライムが従魔かと聞かれたから、そのことを思い出して尋ねた。

「違うな。従魔は契約が必要だ。契約さえあれば、従魔より主《あるじ》が弱くても従わせることができる」

「使い魔は呼ばれたときしか出てこられない」

「圧倒的な強さで問答無用《もんどうむよう》で従わされた」

アロイスに続いて喋ったのは、ケルベロスのそれぞれの頭だ。獣《けもの》の口で人の言葉を話すことに驚きはない。それは既《すで》にドラゴンで経験済みだ。

「このとおり、ギードとフーゴはよく喋るから退屈《たいくつ》もしないだろう」

使い魔にはちゃんと名前があって、ケルベロスに比べ、一言も発していないカーバンクルはクルトというらしい。

「実際はもっと大きいんだがな。室内では邪魔だから小型化させている」

二匹とも今は理人の腰の高さくらいの大きさだ。見かけは二匹とも猛々《たけだけ》しいが、小型化している分、まだ怖さはマイルドになっていた。

「街でもこの大きさでいいだろう。魔力の強さは変わらない」

「目立ちそうだな」

目立ちたくないから街に行こうとしているのにと、理人はこの二匹を連れて行くことに躊躇《ためら》いを覚えた。

「大丈夫だ。従魔を連れている奴は珍しくない。まあ、行ってみればわかる」

この国の皇帝《こうてい》が言うのだから、この二匹の使い魔を連れていても目立つほどではないのだろう。そこはもう信用するしかない。

「ああ、だが……」

アロイスはふと何か思いついたような顔をする。

「その格好では目立つだろうな」

アロイスが理人の服装《ふくそう》を笑う。

「着替えていくに決まってんだろ」

理人はそう答えてから、早速《さっそく》、クローゼットに向かう。今日まで着る機会はなかったが、ゲラルトは外出できそうな服もちゃんと用意してくれていた。

「ゲラルト」

そのゲラルトの名をアロイスが口にする。声に魔力でも纏《まと》わせていたのか、すぐにゲラルトがやってきた。

「リヒトが街へ行くそうだ」

「でしたら、こちらをお持ちください」

いつから用意していたのか、ゲラルトは理人に革《かわ》の財布を差し出した。

「それで好きなもの買ってくるといい」

「いいのか？」

ただの居候《いそうろう》なのに金までもらってと、理人は申し訳なく思う。

「アロイス様の専属治癒師《せんぞくちゆし》なのです。報酬《ほうしゅう》としてはこんなものでは全く足りません」

「もうその肩書きで行くんだな」

理人は苦笑する。

「それが嫌なら皇帝の寵妃《ちょうひ》でもいいぞ」

アロイスが楽しげに笑って口にした言葉が、すぐには理解できなかった。最初はカタカナで音だけ拾い、その後に漢字が当てはまった。

「そう呼ばれて喜べって？」

「現状《げんじょう》、一番、当てはまる言葉だと思うが」

アロイスに指摘《してき》され、思い返せば、まさにそれだった。足繁《あししげ》く通って来るアロイスに抱かれる以外に、しなければいけないことはなく、こうして自由に使える金も渡される。おまけに皇帝の使い魔まで護衛につけられる。寵妃にふさわしい待遇《たいぐう》だろう。

「本物の妃《きさき》はいねえのかよ」

ふと気になって、アロイスとゲラルトの顔を交互《こうご》に見て尋ねる。見かけは子供でも中身は大人なわけだし、皇帝という立場なら妃の一人や二人はいておかしくないのではないかと思った。

「必要ない」

「後継者が必要じゃ……」

そう言いかけた理人の言葉をアロイスの笑い声が遮《さえぎ》る。

「魔族は実力主義だと教わらなかったか？」

尋ねられて思い出す。暇を持て余していたとき、ゲラルトにこの国の成り立ちを、ざっくりとだが教わっていた。アロイスも前皇帝を倒して新皇帝となり、そこに血の繋がりはないとゲラルトは言っていた。

「魔族は長寿《ちょうじゅ》の反面、繁殖力《はんしょくりょく》が高くありません。魔力の質が合わないと子をなしづらいのです」

ゲラルトがアロイスを補足するように言った。そんな事情もあって実力主義になったというのが正解のようだ。

「だから、俺の隠《かく》し子が現れる心配もしなくていい」

アロイスの魔力に釣《つ》り合う女性は存在しないということなのだろう。アロイスにそのことを嘆《なげ》いている様子は一切ない。

「お前に子が産めるのなら、すぐにでも孕《はら》みそうだがな」

それくらい頻繁《ひんぱん》に抱かれているのだと言われているようで、事実でも理人は嫌な顔をする。

「魔力の質とやらはどうなったんだよ」

「お前なら大丈夫だ」

「ああ？」

「俺の魔力をあれだけ浴びても平気でいられるんだ。魔力の質が合っているのだろう」

「さすがでございます、リヒト様」

ゲラルトが感嘆《かんたん》の声を上げる。

「アロイス様の魔力に合う方など、初めてでございます」

「天使だからじゃないのか？」

「確かに、天使で試したことはなかったが、もう試す必要はない」

アロイスは直接言わなかったが、もう理人がいるからだと、そう言っているようにしか聞こえなかった。そして、自分を見つめる瞳の中にも、その想いが込められている気がした。

理人は言葉を返せなかった。この世界に居場所のない理人にとって、もっとも欲しい言葉だった。けれど、それを口にしてしまえば、本当の天使を消してしまうことになる。

「街には行かぬのか？」

「我らは待っておるぞ」

何も言えない理人を救ったのは、ギードとフーゴだ。ゲラルトが来たときから、黙《だま》って待っていたのだが、お喋りだとアロイスが言うだけあって、沈黙《ちんもく》に耐《た》えきれなくなったらしい。

「そうだったな。リヒトの着替えが終わったら、連れて行ってやれ」

アロイスは使い魔たちにそう命じると、ゲラルトを引き連れ、部屋を出て行った。

「今日はもう行かぬのかと思ったぞ」

「久しぶりに外に出られたからな。それでは我慢《がまん》できんかった」

だから口を挟《はさ》んだのだとギードとフーゴは口々に話す。

「アロイスはあまりお前らを呼び出さないのか？」

着替えながら、リヒトは使い魔たちに問いかける。

「呼び出さぬな」

「前回がいつだったのか思い出せぬ」

「せっかく強い主《あるじ》を得たと思おうたのに」

「そうじゃ、そうじゃ」

お喋りなケルベロスたちは古くさい話し方で楽しげに話している。その間、カーバンクルは一言も話さない。ただ黙って控えていた。

ともあれ、退屈なのは理人だけではないらしい。これなら護衛をさせることに気を遣《つか》わなくても済む。

着替えを終えた理人は、ベッドにいるスライムに近づく。

「お前はどうする？」

理人がスライムに問いかけると、答えられないスライムに代わり、ケルベロスたちが反応した。

「スライムは喋らぬぞ」

「耳もないから聞こえてもいない」

ケルベロスたちの言葉に、理人は首を傾《かし》げる。確かに、スライムの形状に耳と思われる器官は見当たらない。

「本当に聞こえてないのか？　俺の言葉に反応してんだけど」

さっきまで寝ていたのに、理人が出かけると言った途端《とたん》、理人に向かって飛んできたのだ。理人の言葉を理解しているようにしか思えない。

「お主《ぬし》の動く気配に反応しておるのであろう」

「随分《ずいぶん》と懐《なつ》かれておるな」

ケルベロスたちは物珍しそうに、理人が抱くスライムを見ている。

「肩に乗せておくといい。スライムは落ちない」

初めてクルトの声を聞いた。両手が塞《ふさ》がることを気遣ってくれているようだ。買い物に行くのなら手が自由なほうがいいのは確かだ。理人は試しにスライムを肩に乗せてみた。

「ホントに落ちねえんだな」

安定が悪いはずなのに、スライムは理人の肩に吸《す》い付くように固定されている。

「よし、出かけるか」

理人が合図を出すと、使い魔たちは一斉《いっせい》に動き出す。護衛のために付けられただけあって、使い魔たちは何も言わずとも理人の前後に位置取った。前を歩くのはケルベロスだ。使い魔たちに挟まれているから、城内の視線も気にならない。

街は城からすぐだった。というより、街の中心に城があった。窓から見て気づけなかったのは、城が高い塀《へい》に囲まれていたせいだった。城に近いところは、その塀に遮られて見えていなかった。

「アロイスがああ言うはずだ。これなら目立たない」

理人は賑《にぎ》わう街を見渡して言った。

街にはさまざまな種族が行き交《か》っている。その中には従魔連れも多かった。魔獣《まじゅう》と呼ばれる生きものたちは、ペットとは違い、かわいさよりも強さが求められるからだろう。ケルベロスたちのように厳《いか》めしい風貌《ふうぼう》が多かった。

そして、人族の姿はないものの、エルフは尖《とが》った耳さえ見なければ人族のように見えるし、獣《じゅう》人《じん》も耳や尻尾《しっぽ》はあるものの人型だ。魔族でもよく見なければわからないほど特徴《とくちょう》が少ない者もいる。だから、理人だけが特別目立つことはなかった。各種族については、出会う度にケルベロスが教えてくれた。

まるで映画のセットのような街並《まちな》みの中を歩いていたが、理人はどこに向かっているのかわかっていない。先導するケルベロスに任せていた。そのケルベロスが振り返り尋ねる。

「買い物をするのであったな」

「ああ。まずは着替えだ」

買い物をしてこいと財布を渡されたのもあって、ゲラルトの用意してくれた服だけでも充分なのだが、下着くらいは買っておこうと思った。

使い魔たちは滅多《めった》に外に出してもらえないと言っていたが、街のことをよく知っていた。迷うことなく、服屋に理人を案内する。

そこではギードとフーゴが率先《そっせん》して値段交渉《ねだんこうしょう》までしてくれた。クルトはよくわからないが、ギードとフーゴは久しぶりの街歩きを堪能《たんのう》しているようだった。

「次はどこだ？」

「我らはなんでも知っておるぞ」

「そう言われてもなぁ」

服ぐらいは買うかと街に来てみたが、他に必要なものが思い当たらない。元々、日本人だった頃も無趣味で、生活必需品《せいかつひつじゅひん》以外に買い物をした記憶がなかった。

「ふむ。では、武器屋はどうであろう」

提案してきたのはフーゴだ。

「武器なんか買ってどうするんだ？」

「お主はまだ魔法が使えないのであろう?」

「身を守るための武器が必要ではないか」

「ああ。そういうことか」

理人は理解したと頷く。こうして使い魔に守られていたり、アロイスに守護魔法《しゅごまほう》をかけてもらったりしているが、それは城で客人として滞在《たいざい》している間だけのことだ。この先もずっとこの待遇でいられる保証《ほしょう》はどこにもない。ケルベロスたちはそこまで考えて言っていないだろうが、独《ひと》り立《だ》ちしなければいけなくなったときのためにも、身を守る手段があったほうがいい。

「俺にどんな武器が使えるのかわかんねえけど、武器屋ってのに行ってみるか」

他に行きたいところもないからと、提案に乗った理人に、ケルベロスたちも嬉《うれ》しそうにしている。理人が城の外にいる限りは自分たちも外に出ていられるからだろう。

武器屋は服屋からさほど離れた場所でないという。そのまま歩いて向かい、もうすぐ武器屋に着くというところで、理人たちは虎獣人《とらじゅうじん》と出くわした。

女性の虎獣人だ。耳と尻尾は完全に虎そのものだが、顔は人間と変わらず、体つきも身につけているのがビキニアーマーだから人間と同じなのがわかる。グラマラスな女性だった。

理人が目指しているのは武器屋で、そのまま虎獣人とは通り過ぎるだけのはずだった。虎獣人が発した声を聞くまではだ。

「えっ?　日本人?」

まさかの呼びかけに、理人の足が止まる。

声をかけた虎獣人は驚いた顔で理人を見ている。理人もすぐには答える言葉が浮かばず、黙って見つめ返す。

「あれ？　違った？　黒髪はともかく、黒目は珍しいからそうだと思ったんだけど」

理人が答えなかったことで、勘違《かんちが》いだったかと虎獣人が焦《あせ》って弁解《べんかい》を始めた。

「いや、悪い。日本人で合ってる。けど、そっちは？」

「俺も元々はそう。なんでか、こうなってるけど」

虎獣人は苦笑いで答える。

理人は今度こそ驚きを隠せなかった。魂を転移させられたのは自分だけだと思い込んでいた。だが、同じような境遇《きょうぐう》の人間がいた。しかも、話し方から察すると、今は女性だが、元は日本人男性だったのだろう。

「いつから？」

「十日くらい前。目が覚めたらこうなってた」

「同じか……」

同じ頃の転移となると、元天使のドラゴンのせいだと考えるのが自然だろう。理人は目覚めたときにドラゴンがいたから説明を受けられたが、虎獣人は何もわからず、この世界にいるのだ。きっと苦労も多かったに違いない。

「ゆっくり話したいな」

まさかの同じ境遇の人間と出会えたという奇跡《きせき》を、このまま手放したくはない。それは虎獣人も同じだった。

「あ、じゃあ、そこの酒場に行く？」

虎獣人がすぐさま誘《さそ》いの言葉を投げかける。理人はケルベロスたちに顔を向ける。どこに行ってはいけないとか、そんなことをアロイスたちには言われていなかったが、理人には公《おおやけ》にできない秘密《ひみつ》がある。

「問題なかろう」

「我らが遮音結界《しゃおんけっかい》をはってやる」

「さすれば密談《みつだん》可能」

ケルベロスがすかさず申し出た。

「そんなこともできるのか？」

遮音結界が何かは言葉の響《ひび》きでなんとなく理解できた。魔法の一つなのだろう。それを使い魔であるケルベロスも使えることに驚きがあった。

「お主もできるぞ」

「覚えれば」

この口ぶりだと難しい魔法ではなさそうに聞こえる。もっともアロイスもそうだが、自分ができることは簡単に言ってしまいがちだ。だが、そろそろ本気で魔法を覚えたほうがいいとは思っていた。

「教えてくれるか？」

「うむ。よかろう」

「我らに任せろ」

そんな話をしているうちに、酒場に到着した。

古めかしい木戸を開けて入った中は、小さな丸いテーブルが点在するだけの、立ち飲みの店だった。虎獣人は慣れた様子で空《あ》いたテーブルに陣取《じんど》った。理人もそこを囲み、ケルベロスとカーバンクルは足下に座る。

「遮音結界は済《す》んでおる」

「好きに話すがいい」

「そっか。ありがとう」

何の違和感《いわかん》もなくケルベロスと会話する理人を、虎獣人が面白そうに眺めている。

「なんだ?」

視線に気がつき、理人が問いかける。

「いやさ、すっかり馴染《なじ》んでるなってさ」

「馴染んでねえよ。こいつらに会ったのも今日が初めてだ」

「マジで?　そんなふうには見えないけど」

「いちいち驚いていられないだろ。何もかもが普通じゃねえんだから」

「言えてる」

虎獣人が声を上げて笑う。

「魔法のある世界だもんな。もっとも俺は使えないけど」

「そうなのか？」

「獣人には魔力がないから無理なんだと」

虎獣人は残念そうに言った。人族にも魔力はないと聞いているから、魔法のある世界でも、使える種族は限られているようだ。

「それで、こっちに来てから、どうやって暮らしてたんだ？」

まずは理人から尋ねた。

「とりあえずは所持金でなんとかかな。とはいっても、最初の二日、三日は記憶が曖昧《あいまい》でさ。なんせ、死にかけてたから」

とても生死の話をしているとは思えないほど、虎獣人はあっけらかんと話す。

「この体の元の持ち主が、冒険者《ぼうけんしゃ》だったんだよ。魔獣討伐《まじゅうとうばつ》に参加してる最中に死にかけて、一緒に討伐してた他の冒険者が助けてくれたそうなんだ。治癒師がその場にいたから、なんとか死なずに済んだっていうギリギリの状況《じょうきょう》だったらしい」

それはまさに理人たちと同じ状況だ。元の冒険者の魂はそのときに消滅《しょうめつ》してしまったのだろう。そこに呼び寄せられた魂が入り込んだに違いない。

「そっちは？」

今度は虎獣人が尋ねる番だった。

「俺も瀕死状態《ひんしじょうたい》だったと聞いている」

「なるほど。死んだ持ち主に成り代わるパターンのやつか」

「パターン？」

同じ日本人からよくわからないことを聞かされ、理人は眉根《まゆね》を寄せる。

「ほら、流行《はやり》の異世界転生《いせかいてんせい》だよ」

「異世界転生？」

ますますわからなくなってきた。虎獣人にはどこか別の世界の記憶があるのかと、理人は訝《いぶか》しげに見つめる。

「異世界転生もの。知らない？　ホントに日本人だった？」

「東京に住んでたけど」

「それで知らないって。実はめっちゃ、じじいだったとか？」

「いや、二十七歳だった」

「マジで？　俺とそんな変わらないじゃん。それで異世界ものを知らないのは、ある意味、超貴《ちょうき》重《ちょう》だよ」

虎獣人はひとしきり感心した後、異世界転生ものという言葉について教えてくれた。漫画やアニメで流行したジャンルの一種とのことだ。

「まさにこの状況ってことか？」

「そういうこと。だから、ここが異世界だってわかって、テンション上がったよなぁ」

虎獣人がしみじみと呟く。虎獣人はそういう流行に敏感《びんかん》な二十代後半の男性だったということがわかった。

「日本での最期《さいご》がどうだったか、正直、覚えてないんだよ。だから、多分、寝てる間に急死したんじゃないかって思ってるんだけどさ」

「よくすんなり受け入れられたな」

「最初は夢だと思ってたよ？　夢ならそれはそれで楽しもうと思って、なんせ、この体だし」

そう言って、虎獣人はニヤリと笑う。そして、周りには聞こえていないのに声を潜《ひそ》めた。

「女の体がどうなってるのかって、そりゃもう、いろいろ試したよ。男とは違う快感《かいかん》だよな。気持ちよすぎてやめられなかった」

何をしたのかは容易に想像できて、理人は呆《あき》れるしかない。

「ま、楽しそうで何よりだ」

「問題は楽しみすぎて金がなくなったこと」

虎獣人は困ったと情けない顔をしてみせる。悲壮感《ひそうかん》がないのは、元々の性格によるものなのだろう。

元の虎獣人は安宿《やすやど》暮らしをする冒険者で、依頼をこなして日々の生活費を賄《まかな》っていた。だが、中身が変わってからは、冒険者活動は一切していない。つまり収入源がないということだ。それでとうとう宿を追い出されたのだという。

「その大荷物は、だからか」

出会ったときから、虎獣人は背中に大きな袋を背負っていた。パンパンに膨《ふく》らんだ袋の中身は、虎獣人の持ち物全てらしい。

「働かなきゃいけないんだけど、冒険者の記憶なんてないしさ」

「切実な問題だな」

理人もいつか直面するかもしれない問題だ。他人事《ひとごと》ではない。

「そっちは……って、まだ名前を聞いてなかった。俺はスーザンだって。元の名前は須藤雅之《すどうまさゆき》。どっちで呼んでくれてもいいよ」

「なら、須藤って呼ぶ。スーザンの愛称《あいしょう》のように聞こえなくもないだろ」

「無理矢理《むりやり》だな」

須藤がおかしそうに笑う。本当なら周りの目もあるのだから、スーザンと呼んだほうがいいのだろう。だが、どうしても懐かしい日本人名を呼びたかった。

「俺は理人」

名乗った後で気づいた。まだドラゴンの名前を聞いていなかったことに。この体の名前でもあるのに、尋ねるタイミングがないままだった。

「理人はどうやって生活してんだ？」

「俺はここの王様ってのに囲われてる」

他に表現のしようがなくて、理人はそう答えた。

「聞いていい？　それってエロい意味で？」

直接的な問われ方に、理人は苦笑する。だが、最初から隠すつもりはなかった。隠したほうが説明が面倒《めんどう》だからだ。

「それも含めてだな。でも、なんでそう思った？」

「なんか、雰囲気《ふんいき》がエロいから」

「エロいのか？　自分ではこの姿をあまり見てないからな」

言われたことがピンとこなくて、理人は首を傾げる。

「そうなんだ。俺なんて、めっちゃ鏡見てるけど」

「まあ、美人だよな」

須藤の気持ちがわかると理人はそう言った。元が若い男で、それがグラマラスな美女になったのなら、鏡を見たくもなるだろう。だが、理人は男から男への転移だから、外見への興味がそもそも湧《わ》かなかった。

「俺は外見で囲われてるわけじゃないんだよ。この体、実は天使なんだ」

「天使？　この世界に天使なんているんだ」

転移してきて間もないからか、それとも天使が希少《きしょう》な種族だからか、須藤は天使が存在することすら知らなかった。

「天使族ってのがあるらしい」

理人はそう言ってから、珍しいこと、どこの国とも交流のない、引きこもりの種族であることも説明する。

「日本にいたときと常識が違いすぎるって。毎日のように知らないことが出てきて、頭がパンクしそうだよ」

須藤の嘆きに理人も大いに同意する。この世界でわかりあえる相手と出会えるとは思わなかったが、同じ境遇の奴がいるだけで気が楽になった。

「その強そうなお供も、王様がつけたってこと？」

「そういうことだ」

「大事にされてるねえ」

「希少種だからな。護衛がないと外にも出られない」

「こっちじゃ、獣人なんて珍しくもないから、自由はあるけど金がない」

須藤がぼやく。金銭問題はかなり切実なようだ。

「仕事を探そうか？」

「王様に頼んでくれるってこと？」

「いや、側近のゲラルトってのがいるんだが、必要なことがあれば、何でも言ってくれと言われてるからな」

「職探しも？」

「なんかあるだろ」

アロイスの城はとにかく大きい。ほとんど出歩いてないから、あまり内部はよく知らないが、職員なのか召使《めしつか》いなのか、そういう者が相当数いないと回らないはずだ。

「ああ、そうだ。仕事が見つかるまでコレを使うといい。金がないんだろ？」

理人はゲラルトに渡された財布をテーブル上で須藤に向けて差し出した。

「いいの?」

「好きに使えと持たされたけど、買う物なんてほとんどないしな」

そもそも暇だから街に出たかっただけで、買い物をしたかったわけではない。そして、暇つぶしという目的も須藤に会って解消された。これ以上、金を使う必要もなかった。

「まだ武器を買っておらぬであろう」

「お主には必要である」

それまで黙っていたギードとフーゴが初めて口を挟んだ。

「ああ、それがあったか」

「何、武器が欲しいの?」

「天使は攻撃魔法《こうげきまほう》が使えないらしい。だから、代わりにな」

「そうなんだ。だったら、俺の武器を渡すよ」

武器と交換に金をもらうほうが気が楽だと須藤が言った。

「めっちゃいろんな武器を持ってたんだよ。スーザンは武器マニアだったのかな」

「須藤は使わないのか?」

「それがさ、スーザンの記憶はなくても体は覚えてるかと思って、一通り、使ってみたんだけど、ほとんど満足に扱《あつか》えなかった」

須藤は残念そうに言った。

「そうだな。使ってみないとわからないよな」

「そうそう。いろんな種類があるから、全部、試してみるといいよ」

須藤に勧められ、理人もその気になってきた。問題はどこで試すかだ。いくら異世界でも街中で武器を振り回せない。

「あの森でいいではないか」

「あそこは魔物がほとんどおらぬから、冒険者とやらが寄りつかぬ」

話した覚えのないことを使い魔たちが知っているのは、表には出ていなくとも、アロイスの経験していることは見ようと思えば見えるのだと教えられた。それでさっきから、アロイスにしか話していないことを知っていたのかと理人は納得する。

「俺が最初に居た森か。けど、場所を知らねえんだよ」

「安心するがいい」

「我らは知っておるぞ」

ギードとフーゴがそう言うと、クルトも無言でそのとおりだと小さく頷いている。

「森って?」

「俺がこっちの世界で最初に目覚めたのが、その森なんだよ」

「最初が屋外って、なかなかへビーだな」

「その辺りの事情は森に行ったら話す」

まだ肝心《かんじん》のドラゴンのことを須藤には話していない。場所を移動してから、話すつもりだった。

須藤はまた大きな袋を軽々と背負った。武器が全て入っているというから、相当重いはずなのだが、辛《つら》そうな表情はない。獣人はそれだけ腕力があるということなのだろう。

ケルベロスが遮音結界を解除《かいじょ》する前に、

「人気がなくなったら、姿を隠して気配を消すことはできるか?」

理人は使い魔たちに尋ねた。

「可能である」

「……相手による」

即答《そくとう》したギードをクルトが否定する。

「主にはバレる」

「主ほどの魔力持ちはいない」

使い魔たちのやりとりから、魔力が上回る相手には気配を隠せないのがわかった。さらに、使い魔たちが負けると思えるほどの魔力持ちはアロイスだけだともわかった。

「それなら大丈夫だな。森に行ったらお前たちは気配を隠してくれ」

「承知《しょうち》した」

ケルベロスは言葉で答え、クルトは黙って頷いた。

理人が使い魔たちを隠したい相手はドラゴンだ。アロイスには敵《かな》わないから姿を見せないようにしているのなら、使い魔たちにも同じ対応だと思っていいだろう。ドラゴンになりたてで、しかも幼体。この使い魔たちに勝てるとは思えない。それなら、理人と須藤だけだと思わせて、近付けるようにしておきたかった。本人から、ことのあらましを須藤に説明させてやるためだ。

森に差し掛かると途端に人の姿が少なくなり、やがて完全に理人たちだけになった。約束どおり、使い魔たちは理人のそばを離れ、気配を消す。見事なもので、本当にどこにいるかわからなくなった。

獣道《けものみち》に沿って進み、湖のほとりに出ると、使い魔たちに前もって教えられていた道をそのとおりに進んだ。

「ああ、ここだ」

開けた場所に出た。あの湖だ。まだ十日ほどしか経っていないのに、既に懐かしささえ感じていた。

「ここなら、武器を振り回しても大丈夫そうだ」

須藤も湖の近くに移動して、そこで背中の袋を下ろした。

「ホントにいろいろ持ってたんだよ」

須藤はそう言いながら、袋の中から武器を順に取り出していく。

「ロングソードだろ、レイピアにダガー、斧《おの》もあるんだ」

須藤が取り出したのは、見たこともないような武器ばかりだ。西洋の武器なのだろう。ロングソードや斧は見るからに重量がありそうで、振り回すのは大変そうだ。

「で、これが俺のお勧め」

「これは……」

須藤の勧めてきた武器が、理人の目を奪《うば》う。

「いいだろ？　記憶を頼りに作ってもらってたんだ。昨日頼んで、今日出来てきたとこ」

理人に会ったのは、武器屋に行った帰りだったらしい。そうして須藤が手に入れたのは、この世界にはないであろう日本刀《にほんとう》だった。

記憶を頼りに須藤は指示するだけだっただろう。きっと完璧な形ではないのかもしれないが、理人が見る限りではよくできていた。

過去に一度だけ、理人は本物を握《にぎ》ったことがある。組の兄貴分がコレクションとして所持していたのを持たせてもらっただけで、振り回すことすらしていない。

「それにする？」

「いや、けど、わざわざ作ったんだろ？」

さすがに理人も手に入れたばかりの刀を寄越《よこ》せとは言えない。だが、須藤は笑って首を振る。

「作りたかっただけなんだよ。鍛冶屋《かじや》があるって聞いたら、そりゃ、何か作ってもらいたいじゃん。それに、俺に向いてないのはわかってたんだ」

「向いてない？　まだ試してないだろ？」

「武器屋の奥に鍛冶屋もあるんだよ。そこで仕上がりは確認してる。やっぱり俺には軽すぎた」

須藤は日本人だった頃の感覚で武器を使ってみようとしたのだが、持っているものの大半は軽くて大ぶりになってしまう。結局、使えそうなのはロングソードと斧だけだったらしい。

「獣人ってさ、魔法が使えない代わりに力が強いんだって。リンゴを手で握りつぶすとか、余裕だから」

「すごいな」

女性なのにと唖然《あぜん》とする理人に、須藤は得意げに笑う。

「それじゃ、本当にこれをもらうぞ」

「ああ。せっかくだから使ってやってよ」

理人は差し出された刀を受け取ると、須藤から離れて軽く一振りしてみた。子供の頃に剣道《けんどう》をしていたからか、妙《みょう》に手に馴染む。

「かっこいいじゃん。よく似合ってるよ」

「似合ってるとか……」

反論しかけた理人は、羽音《はおと》に気づいて視線を上げた。

湖を取り囲む木々の上から、ドラゴンが近づいてくるのが見えた。ドラゴンはすぐに理人たちのそばまでやってくる。

「ドラゴンじゃん。ちっさいけど」

理人が初見でわからなかったドラゴンも、漫画やアニメをよく見ていた須藤はすぐにわかったようだ。

「コレが天使のなれの果てだ」

「何を言う。一時的に間借りしているだけだ」

ドラゴンは憤慨《ふんがい》した様子で理人に詰《つ》め寄る。

どういうことだと理人とドラゴンを交互《こうご》に見つめる須藤に、理人は入れ替わった事情を簡潔《かんけつ》に説明した。

「ってことは、俺も？」

「たぶんな」

須藤はここでようやく、理人がここまで連れてきた理由を悟《さと》ったらしい。非常に残念なものを見る目でドラゴンを見ている。魔法の失敗で呼び出されたのだから、そんな顔になるのも無理はない。

「この虎獣人はなんだ？」

「お前の被害者《ひがいしゃ》だ」

ドラゴンの問いかけに、理人は嫌みで答えてから、須藤が同じ頃に魂だけ転移してきたのだと付け加えた。

「それで被害者か。なるほど」

納得しただけで、ドラゴンから謝罪《しゃざい》の言葉が出ることはない。

「お前のせいなんだろうが」

「その可能性は否定《ひてい》できぬ」

偉《えら》そうに言いながらも、ドラゴンは自分のミスの可能性を受け入れた。

ドラゴンは魂を呼び寄せる魔法を使ったことがないと言っていた。それなら結果がどうなるのかも知らないし、そもそもちゃんと発動されたかどうかもわからないはずだ。それなら、理人以外の魂も呼び寄せてしまった可能性は大いに考えられる。

「もしかしたら、もっといるのかもな」

「どうするんだよ。何もわからない世界に呼ばれて、路頭《ろとう》に迷っているかもしれないだろう」

「そうは言うが、どこにいるのか、いや、そもそもいないかもしれないのだ。私にはどうしようもない」

無責任なドラゴンの言葉に、理人は頭にきて、ドラゴンの足を摑《つか》んだ。

「何をする？」

理人はジタバタともがくドラゴンを鼻で笑う。

「お前を売り飛ばして金に換える。少しは生活の足しになるだろ」

「なんと罰《ばち》当たりなことを言うのだ。神罰が下るぞ」

「そんなもんがあるなら、とっくにお前に下ってるよ」

言い争いを始める理人たちを見て、須藤が止めに入る。

「理人の気遣いは嬉しいけど、俺のことはいいよ。そんな小さいドラゴンだとさ、弱い者虐《いじ》めしてるみたいな気になる」

「弱い者だと？　崇高《すうこう》なるオレール様の魂であれば、たとえ幼体のドラゴンであろうとも……」

「お前、オレールって名前なんだ」

ドラゴンの言葉を遮り、理人が確認する。名前で呼びかける機会もなかったが、知らなかったからずっとドラゴンと呼んでいた。

「今知ったのか？　なんと無礼《ぶれい》な奴だ」

「お前が名乗ってねえのに、知るわけないだろ」

オレールと会った過去の二回とも、オレールが急に逃げ出しているから、互いに名前を尋ねるタイミングも、ゆっくり話をする時間もなかったのだ。

「まあまあ、その辺で」

いつまでも言い争いを続けそうな理人とオレールの間に、須藤が割って入る。

「理人はどうかわかんないけど、多分、俺は元の世界にいても死んで終わりだったと思う。だから、こうやってまた違う人生をもらったんだから、天使だかドラゴンだかを恨《うら》んではないよ」

「他人の人生の続きでもか？」

「それでも、まあ、なんとかなるって」

須藤は元来、楽観的な性格なのか、転移したことも、獣人の、しかも女性の体になったことも楽しもうとしている。その切り替えの速さは素直に羨《うらや》ましく思えた。

「あ、もう暗くなってきたじゃん」

須藤が空を見上げて焦《あせ》ったように言った。

「まだ、今日の宿を探してないいんだよ。コレをもらったから、今日はいい宿に泊まれる」

「計画的に使えよ」

浮かれた須藤に釘《くぎ》をさすと、わかっていると須藤が頷《うなず》く。

「じゃ、先に行くわ」

「仕事の件、話を通しておくから、時間のあるときに城に来てくれ」

「わかった」

須藤が元気よく手を振って早足で立ち去った。

「同郷《どうきょう》同士で情報交換か。微笑《ほほえ》ましいではないか」

オレールがいつもどおりの上から目線で話しかけてくる。

「お前のせいで、やらざるを得ないんだろうが、この諸悪《しょあく》の根源《こんげん》が」

「そこは命の恩人《おんじん》と言うべきだ。お前も元の世界では死んでいたのだろう？」

オレールは心外だと言わんばかりの態度《たいど》だ。

「たぶんな」

理人に明確に死んだという意識はないが、あのままなら間違いなく死んでいただろう。

「けど、俺は新しい人生をありがとうなんて言うつもりはねえよ」

「何故《なぜ》、喜ばない？　天使の体に入れたのだぞ」

オレールには理人の気持ちが理解できないようだ。須藤が喜んでいるのを見た直後だから、なおさら不思議《ふしぎ》なのかもしれない。

もし、これが赤ん坊の頃からのやり直しなら、理人も喜べたかもしれない。だが、他人の人生を乗っ取るようなやり直しには、気が乗らない。所詮《しょせん》、他人の人生だと思えてしまう。しかも、いつかオレールに体を返す日がくるかもしれないのだ。

それなのに全く反省する素振《そぶ》りを見せないオレールに、理人は何かやり返したくなってきた。

ほんの少しでも、嫌な思いをさせたいと。

「お前なら喜べるか？　男にケツを掘《ほ》られて」

「ケツを掘る？」

オレールは意味がわからないと首を傾げる。

「男に犯《おか》されるって言えばわかるか？」

理人が言葉を変えて伝えると、オレールはギョッとしたようにドラゴンの瞳をさらに大きくした。

「それは……、私の体が男に汚《けが》されたということか？」

「そういうことだな」

理人が認めると、オレールは力を失ったように地面にへなへなと降り立った。

「そんな馬鹿な……。どうしてそんなことになったのだ」

独《ひと》り言《ごと》のようだったが、あまりにも項垂《うなだ》れているから、理人はそれに答えてやった。

「俺の治癒能力が、呪《のろ》いを解除するのにも使えるかどうか試すためだった」

理人の言葉にオレールが、ぱっと顔を上げる。

「呪いだと？　それで結果は？」

「解《と》けた」

どんな呪いだったのか、誰が呪いにかけられていたのかは話さなかった。オレールもそれどころではないのか、聞いてこなかった。

「呪いまで解ける治癒力……。それならもしかして……」

オレールがブツブツと何やら呟いている。理人に向けてではなく、思考を整理するために言葉にしているようだ。

「よし、私も試してみよう」

結論は出たと、オレールが理人に向き合う。

「試すって、何を？」

「私のこの姿も元に戻るかもしれない」

「お前のそれは呪いじゃねえだろ」

魔法の失敗だろうと、理人は言外に含ませる。

「いや、見方を変えればいい。この姿は間違いで、正しい姿に直すということであれば、治癒力の範囲《はんい》だとも言える」

「強引すぎるだろ」

「試す価値はある」

「どうやってだよ」

オレールはドラゴンだ。アロイスと同じやり方はできない。それはオレールもわかっているはずだ。

「まずは私を抱きしめてみろ」

「しょうがねえな」

やらないと納得しなさそうだから、理人は渋々《しぶしぶ》ながらオレールの体を抱き上げた。もちろん、何の変化もない。

「もっとしっかりとだ」

「注文が多いな」

理人はドラゴンの硬い体を抱きしめた。ゴツゴツしていて力を入れた分だけ、理人の体に傷がつきそうだが、体の持ち主であるオレールが望んでのことだから、気にしないことにした。

「何も変わらないな」

理人の腕の中で、オレールは不満を露《あら》わにする。

「では、もう少し触れ合ってみるぞ」

オレールはそう言うなり、理人の腕から飛び出した。そして、理人の唇《くちびる》に自身の口先を押しつける。

固い何かがぶつかった。そんな感触だった。柔らかくもなければ温かくもない。とてもキスとは言えない代物だ。

「これでもダメか」

一旦《いったん》、顔を離してから、オレールはまた何か考える素振《そぶ》りを見せた。

見かけはドラゴンの子供だから、口を付けられても、接触したとしか思えない。性的な雰囲気など一切ないから我慢《がまん》できた。

「もう一度だ」

オレールが再び顔を近付けてきた。今度は舌が先に唇に触れた。固くてザラザラした舌の感触は、完全に動物のもので、理人は不快感《ふかいかん》に顔を顰める。だが、次の瞬間、目を見張った。

至近距離にあるドラゴンの姿が、うっすらと光り輝く男の姿に見えたのだ。思わず、突き飛ばしてしまった。

「今のって……」

体が離れた瞬間、さっきの姿は消えてなくなり、またドラゴンのオレールがそこにいる。

「貴様にも見えたのか」

理人だけの目の錯覚《さっかく》ではなく、オレールにも変化した自覚があったようだ。

「あれがお前の本当の姿なんだな?」

「そうだ。頭《こうべ》を垂《た》れたくなるほど神々《こうごう》しいだろう」

偉そうに言うだけあって、金髪碧眼《きんぱつへきがん》、誰もが見惚《みと》れるような美形の男だった。天使とはこういう姿なのだと見せつけられた気がした。体はオレールのもののはずなのに、今の理人とは受ける印象がまるで違う。別人だとしか思えなかった。

「今のでわかった。やはり貴様の治癒力が役に立ちそうだ」

オレールは一人で納得したようにそう言うと、

「これで手がかりを探しやすくなった」

何か当てがあるのか、理人には見向きもせずに飛び去った。

「おいっ」

呼び止めてみたが、オレールはすぐに見えなくなった。

「逃げ足の速いドラゴンだ」

姿より先にギードの声がした。

「もう姿を見せてもよいのであろう」

「ああ。もう大丈夫だ」

理人が応じると、すぐに使い魔たちが姿を現す。

理人はオレールの消えた空に顔を向けたままだ。またしばらくオレールは姿を見せないだろう。次に現れるときは、元に戻る方法を見つけたときかもしれない。

「元に戻ると、お主はどこに行く？」

話をずっと聞いていたのだろう。アロイスのために気になるのか、ギードが尋ねてきた。

理人はほんの一瞬だけ考えた。けれど、答えなど今の段階で出るはずもない。

「さあな」

ふっと笑って曖昧《あいまい》に答える。

須藤は新たな人生を楽しもうとしている。理人がそうできないのは、この体の元の持ち主が生きていることだ。暫定的《ざんていてき》な借り物の命だとわかっているから、新たに何かを始めることに消極的《しょうきょくてき》になってしまう。

治癒魔法を覚えることも、武器を使えるようになることも、周りから勧められて始めようと思ったが、身につく前に終わってしまう可能性は大いにあった。

理人はもう一度、薄暗《うすぐら》くなった空を見上げた。

このまま二度と姿を見せなければいいのに。そんなふうに思いたくなくて、この体に執着《しゅうちゃく》したくなくて、理人は空から目を逸《そ》らした。


理人が城に戻ったときには、すっかり夜になっていた。思い返してみれば、夜、部屋にいないのは初めてだ。城内の廊下《ろうか》は歩くのに不自由のないほどの明るさがあって、それらは魔力を使って灯《とも》しているのだと、道すがら使い魔たちが教えてくれた。

「我らの護衛はここまでだ」

「後はお主が頑張《がんば》るのだ」

ギードとフーゴがそう言い、クルトが理人の肩からスライムを奪い、自らの背に乗せた。

もう理人の部屋の前だ。今更何を頑張ると言うのか。そして、どうしてスライムを部屋に入れないのか。理人は首を傾げつつ、ドアを開け、一人で室内に足を踏み入れた。

「まさか、待ってたのか？」

ソファに座るアロイスが室内でムダに大きな存在感を放っている。

アロイスは問いかけには答えず、人差し指を軽く動かす。たったそれだけの動作で、理人の体はほんの少し浮き上がり、アロイスの元へと引き寄せられた。

「こんなことで魔法を使ってんじゃねえよ」

ソファに座るアロイスの膝《ひざ》に跨《また》がる形で抱き留められてから、理人は文句をぶつける。ほんの数メートルの距離しかなかったのだ。歩いてもすぐだ。もっとも自分から膝に座ることはなかっただろう。

理人が不満げにアロイスを見ても、アロイスは無言で理人を見つめるだけだ。整いすぎた顔立ちだから、表情を出さないと怒っているように見えてしまう。ただ理人には怒られる理由が思い当たらない。

「呼び寄せといて、何か言っ……」

理人の言葉は途中でアロイスの口に呑《の》み込まれる。

アロイスの唇が理人のそれと重なる。オレールとのときに感じた接触事故《せっしょくじこ》ではなく、はっきりとした口づけだ。力強く押しつけられた唇は、その強さのまま理人の唇を舌で割《わ》り、口中を犯していく。

口中を暴《あば》れ回る舌に、理人は自然とアロイスの腕を掴んでいた。

もう何度もアロイスには抱かれていて、口づけされた回数も数えられないほどだ。当然、その回数の分だけ、アロイスは理人の弱いところを知っている。こうしてキスをされているだけで理人の体は昂《たかぶ》り、熱くなる。

きっとアロイスは知っているのだろう。理人がドラゴンであるオレールと口づけたことを。だからこそ、上書きするように、こんな激しいキスを仕掛けてきたに違いない。

「お前は俺のものだ」

さんざん理人の口中を貪《むさぼ》った後、アロイスは顔を離すなり、そう言った。その途端、首の後ろの所有印が反応し、熱くなった気がする。

「そうだったな」

何を今更《いまさら》と、理人はフッと笑う。だからこそ、こうしてここに戻ってきたのだ。

「わかっていたなら、どうして、他の者とキスをした？」

「相手はトカゲだぞ？　キスじゃなく、ただ接触しただけだ」

「それでもダメだ。他の者がお前に触れることも、お前の力を使うことも認めない」

首の後ろがチリチリと焦《こ》げ付いたように熱くなる。

アロイスの主張が強ければ強いほど、この印に反映される仕組みにでもなっているのだろうか。

そう考えたとき、ふと疑問が浮かんだ。

「この印は体に刻《きざ》まれてるのか？」

所有印をつけたと聞かされたが、それはどこまで効果があるものかは知らない。

所有されるのは体だけなのか、それとも心まで含まれるのか。そこまでの説明は受けていなかった。

「ああ。お前の体にしっかりとな」

「それは元に戻っても有効なのか？」

「元に……？」

アロイスは一瞬だけ訝しげに眉根《まゆね》を寄せた。けれど、すぐに表情を険しくする。

「この体はお前のものだ」

「違う。これは借り物で……」

「違わない。お前が俺に抱かれてよがるほど感じているのは、体と心が結びついているからだ。この体を支配しているのはお前の心だ」

　いくらアロイスにそう言われても、この体がオレールのものであるのは変えようのない事実だ。それにオレールがこの体に戻る方法の手がかりを見つけてしまい、理人の立場はますます危うくなった。いつまでこうしていられるのかわからない。だからこそ、この体が理人のものだと言われて嬉しくて、それ以上、反論する言葉が出なかった。

「信じられないなら、この体にも聞くといい。お前の体でなければ、何をされても心には響《ひび》かないはずだ」

　さっきまでの冷たい表情を一転させ、アロイスがニヤリと笑う。それと同時にアロイスの背中から黒い触手《しょくしゅ》が生《は》え出てきた。初めてアロイスに抱かれたとき以来、目にしていなかった。

「……っ……」

　触手が理人の首筋《くびすじ》を撫《な》でる。そして、それはそのまま襟元《えりもと》からシャツの中へと忍《しの》び込んできた。冷たくスルリとした触手の感触に、理人は思わず息を呑む。

　触手は一本に留《とど》まらない。シャツの袖《そで》からもウエストからも、次々と中へと入り込む。

　アロイスは触手の長さも太さも自在に変えられるだけでなく、一本ずつ自在に動かすこともできる。今もそれぞれが意思を持っているかのように、理人の肌を撫で回していた。

「は……あぁ……」

胸を責めてきた触手に乳首を摘《つ》ままれ、甘い息が漏《も》れる。さらにもう片方にも新たな触手が伸びてきた。

「あっ……ん……あぁ……」

両方の乳首を同時に弄《いじ》られ、理人の腰が自然と揺《ゆ》れる。触手は絶妙《ぜつみょう》に強弱を付け、理人を追い詰める。胸への刺激だけでも股間《こかん》が熱くなってきた。

「感じているのは誰だ？」

アロイスが両手で理人の頬《ほお》を挟《はさ》み、視線をアロイスに向けさせてから、問いかける。

「お……俺だ……っ……」

こんなに明らかな反応を見せていて誤魔化《ごまか》せるはずがない。正直に答えた理人に、アロイスが満足げに頷く。

「そうだ。お前の体だから感じてるんだ」

「ああっ……」

思い知らせるように、また新たな触手が股間に絡《から》みついた。既に硬くなり始めていたそこに巻き付いた触手が、そのまま扱《しご》き立ててくる。

アロイスは触手に愛撫を任せ、両手はずっと理人の顔を挟んだままだ。視線を逸《そ》らすのは許さないと、理人の顔を固定している。

胸を弄られ、中心も扱かれて、理人の白い肌が朱《しゅ》に染まる。それは理人自身、気がついていないが、本来の日本人だった頃の肌の色に近づいていた。

また別の触手が背後に回る。閉ざした後孔をめがけ、狭間《はざま》を伝っていく触手の感覚に、理人は体を震《ふる》わせる。その行き先が容易に想像できるようになったからだ。

細められた触手が、滑りを持って後孔に押し入ってきた。

「はっ……あ……」

甘い喘《あえ》ぎが止められずに溢《あふ》れ出る。中で気持ちよくなれると体が覚えてしまったから、異物感など快感を得るための刺激の一つでしかなかった。

「ふぅ……っ……」

触手を通じて中に浄化《じょうか》の魔法がかけられた。綺麗《きれい》にするための魔法だとわかっているし、もう何度もこの魔法は経験済みなのに、そのたびに快感を拾ってしまう。作業の一つでしかない浄化の魔法で感じているのが恥ずかしくて、理人は顔を逸らそうとするが、アロイスがそれを許さない。

「お前は俺だけを見ていろ」

アロイスは理人の顔を固定させ、視線を逸らさせない。淫《みだ》らに喘ぐ姿を見られるのが嫌で、せめて瞳を閉じようとしても、今度は魔法が作用した。瞼《まぶた》は自分の力では全く動かせなくなった。

アロイスに見つめられ、理人が見つめ返す中、触手の役目はまだ終わらない。これからが本番だと、中にいた触手が膨《ふく》らみ始める。

「待っ……ああ……」

もっとゆっくりしてほしいという理人の願いは受け入れられなかった。触手は一気に肉壁を押し広げ、アロイスの屹立《きつりつ》ほどの太さにまで膨らんだ。

圧迫感《あっぱくかん》が呼吸を奪う。体が馴染む前に広げられたことで、快感よりも苦しさが勝った。だが、他の触手がそれを紛《まぎ》らわせるかのように蠢《うごめ》き始める。

「や……めろっ……」

「何をだ?」

アロイスが顔を覗き込んで尋ねてくる。

「触手……ぅ……」

「ふむ。どれか一つなら止めてやろう。具体的に何をしている触手か言うことができればな」

意地《いじ》の悪い提案に理人は言葉が返せない。アロイスは羞恥《しゅうち》を与えることで、理人をさらに辱《はずかし》めようとしていた。乳首を弄る触手か、屹立を扱く触手か、それとも後孔を広げる触手か。アロイスのことだから、ぼやかした言葉では認めないだろう。理人にはそのどれも口にすることができなかった。

答えられないでいる間にも、中の触手は収縮《しゅうしゅく》を繰り返し、受け入れ準備を進めていた。

初めてではないからだろう。圧迫感が薄《うす》れるのは早かった。おまけに触手は太さを変えるだけでなく、前後に揺れて刺激まで与えてくる。昂っていた体に、その刺激は強すぎた。

体が熱くて堪《たま》らない。熱を逃がしたくて、理人は自らシャツに手をかけた。ボタンなら前を緩《ゆる》めるだけでもよかったが、残念ながら、被《かぶ》りのシャツだ。もたつく間に、触手が動いた。

ビリッと布地を切り裂《さ》く音がして、シャツだけでなく、パンツまで理人の体から消え去った。

頑丈そうな硬い生地だったから、素材を溶かすような成分でも触手が分泌したのだろう。そこまでした後、触手は消え去った。

これで理人が身につけているのは、靴《くつ》だけだ。ほとんど全裸の姿で、股間を勃《た》たせ、着衣したアロイスの膝に跨がっている。これでは理人のほうが欲しくてたまらないと、アロイスを誘っているようにしか見えない。

触手を呑み込んでいた後孔が、物足りなさを訴えるかのようにヒクヒクと収縮している。弄られ続けた乳首もぷっくりと膨れ、誘うように突き出していた。

「アロイス……」

理人は乱れる息を整え、どうにかその名を口にした。こんな状態で放置して欲しくないと、早くどうにかして欲しいと、その名前を呼ぶ。

アロイスは満足げに微笑むと、自らの屹立を引き出した。凶悪《きょうあく》なほどに猛《たけ》ったそれは、凶器《きょうき》にしか見えないのに、理人の喉《のど》が鳴る。

理人の腰にアロイスの手が添えられた。腰が持ち上げられ、アロイスが焦らすように屹立の先端で後孔をなぞる。

「あ……」

期待を躱《かわ》され、そこが残念そうにひくつく。

アロイスはそうやって何度か後孔の辺りを擦《こす》りつけ、さんざん焦《じ》らした後に、理人の奥まで一

気に突き入れた。

「ああっ……」

理人は一際大《ひときわ》きな嬌声《きょうせい》を上げ、アロイスにしがみ付く。アロイスの力に理人自身の重みも加わり、拓《ひら》かれてはいけない奥まで屹立は押し入ってきた。

頭の中が真っ白になる。ほんの一瞬、意識が飛んでいた。それくらいの衝撃だった。理人はぐったりとしてアロイスに体を預《あず》ける。

「今、軽くイッただろう？」

問いかけられても、理人は何も答えられないし。アロイスの肩に埋《うず》めた顔も上げられない。射精はしていない。けれど、確かにイッた感覚は理人もあった。だが、問いかけに答えられるほどの気力はなかった。声を発することもできない。

「ちゃんとイきたくないか？」

そう言いながらアロイスが軽く腰を揺さぶってくる。

「あっ……っ……」

理人の体の状態を見れば、聞くまでもないことだ。それでもアロイスは理人の口から言わせようとする。ただ緩やかに腰を揺さぶり、理人が答えるまでは、それ以上の刺激を与えてくれない。

「……欲し……い……」

体が声を絞《しぼ》り出させた。理人は言葉を途切《とぎ》れさせながらも、なんとか訴える。

「何をだ？」

アロイスは動きを止め、理人が言葉を続けるのを待っている。

「お前が……アロイスが欲しいっ……」

理人の言葉を待って、アロイスが腰を突き上げた。繋がったままでも、腰が浮き上がるほど突かれれば、さらに奥まで突き刺《さ》さる。

「ひっ……ああっ……」

何度も繰り返される動きに、理人は嬌声を上げ続ける。

もういつ達してもおかしくない状態だ。そこまで昂った体に、アロイスはダメ押しをする。

「な……っ……?」

首の後ろが熱くなったかと思うと、そこからゾクゾクとした快感が広がっていった。アロイスが魔力を所有印に流したせいだ。

バサッと羽根《はね》が広がる音が響く。アロイスの魔力が引き金となり、理人の背中に羽根が現れた。

アロイスに抱かれるときは、いつも快感が高まりすぎて、毎回、自然と羽根が出てしまっていた。だが、こうやって強引に引き出されたのは初めてだ。

その羽根の付け根をアロイスが強く握《にぎ》った。

「あっ……はぁ……」

自分にはないはずの羽根を触られる感覚が、理人に射精を促《うなが》した。呆気ない終わりに、理人は気持ちが追いつかない。

「お前にとっては、できたばかりの羽根だから、敏感《びんかん》になっているんだろう。元々、羽根を持っていた奴なら、こんなふうにはならない」

射精直後でぼんやりした理人に、アロイスの言葉がじわじわと染み入ってくる。他人の体ではなく、理人のものとしてできた羽根なのだと、もうこの体は理人のものになっているのだと、アロイスは言いたいのだろう。

「俺のコレを……」

アロイスがクッと腰を押し上げ、コレを主張する。達したのは理人だけで、中にいるアロイスはまだ硬さを保ったままだ。

「強請《ねだ》って感じて達したのも、お前の体だ。そうだな？」

理人の不安を払拭《ふっしょく》させるためにか、アロイスは繰り返し、この体が理人のものだと認めさせようとしている。

「まだ足りないと俺を締め付けているのも、お前の体だ」

そうじゃないと言いたかった。こんな形で繋がっているから動けないだけで、理人が望んで締め付けているわけではない。だが、違うと口にすれば、体が自分のものではないと言ってしまうことになるから言えなかった。

アロイスがまた理人の首筋を撫で、そして、耳元に囁《ささや》きかける。

「外側だけの所有印が不安なら、体の中にも俺のものだという証《あかし》を刻んでやろう」

「ああっ……あっ……」

その宣言どおり、アロイスが激しく欲望をぶつけてきた。さっきまでのような緩やかな突き上げではない。理人の腰を摑んで、抜けるギリギリまで引き上げては、一気に落とす動きを繰り返す。達したばかりで敏感になっていた理人は、すぐにまた中心を猛《たけ》らせた。

力などとっくに入らなくなっている。縋《すが》るようにアロイスの両肩に置いた手も、ただ体が倒れないよう添えているだけだ。それでもこの手は離せない。

「また……っ……イク……」

性急に追い詰められ、理人は限界を訴える。

理人の訴えに応えるように、触手が伸びてきた。二人の間で揺れる屹立に絡みつき、搾《しぼ》り取るように扱き立てた。

触手もアロイスの一部だ。だから、タイミングは自由自在で、自らが放つのに合わせて、触手が理人を追い詰めた。

「やっ……あぁ……」

理人は再び精を解き放ち、体の奥にも熱く広がる迸《ほとばし》りを感じた。

腹が膨らんでいるのではないかと錯覚するほどに、たっぷりと中に出され、嫌でもアロイスの所有物だと思い知らされる。

ぐったりとした理人をアロイスが抱き留める。アロイスはまだ中に入ったままだ。この状態ではいつまた再開されるか知れない。早く抜いてくれと言わなければならないのに、アロイスとこのまま繋がっていたい気もして、理人はその言葉を口にできなかった。

4

理人の起床時間は決まっていない。その日に何も予定がなければ、自然に目が覚めるまで寝ている。それは日本人だった頃から変わらない。だが、今日は理人を起こす者がいた。

ベッドで眠る理人の顔の上、ひんやりとした何かが乗せられた。その感触と冷たさに理人は目を開ける。

「お前、来てたのか」

理人はまだ頭が醒《さ》めきらぬまま、額に乗ったスライムを撫でる。昨日はアロイスが部屋にいたから、使い魔たちがスライムを部屋に入れずに連れて行ってしまった。夜はアロイスが来ることが多いから、どうしてもスライムに部屋を出ていってもらうことが多くなる。

「お主は怠《なま》けすぎではないか」

「お主が動かなければ我らも動けないのだぞ」

喋《しゃべ》れないスライムに代わって答えたのは、ケルベロスのギードとフーゴだ。スライムを連れてきてくれたのは彼らだったらしい。

「まだ俺の護衛をするのか？　今日は出かけないから、必要ねえんだけど」

「なんと冷たいことを言うのだ」

「我らはやっと外に出られたのだぞ」

ケルベロスたちは不満そうで、クルトは何も言わないが、反論もしないのは、同じ気持ちだからかもしれない。

アロイスは滅多《めった》に呼び出さないと言っていた。使い魔たちは理人の護衛をしている限りは、外に出ていられるから、護衛をやめたくないのだろう。

「外には出かけないが、それでもいいなら、護衛の名目でそばにいてもいいぞ」

「話がわかるではないか」

ギードが答え、フーゴが満足げに頷いている。

使い魔たちのおかげで、すっかり目が覚めてしまった。理人はベッドから抜け出ようとして、また全裸で寝ていたことを思い出す。アロイスに抱き潰《つぶ》された日は、そのまま寝落ちすることが多いから、こっちの世界では寝間着を着て寝ることはほとんどなかった。使い魔たちが人型なら気になるが、そうではないから、裸《はだか》のままベッドを下りる。

着替えはクローゼットの中だ。そこに顔を向けると、既にクルトが扉《とびら》を開けていた。何をするのかと理人が見つめる中、クルトは口で器用に服を引っ張り出し、理人の元に運んでくる。

「これを着ろって？」

シャツを受け取ってから問いかけると、クルトがそうだと頷く。そして、すぐにまたクローゼットに戻った。使い魔たちは問題なく言葉は話すが、人のようには手を使えない。だから、着替えを揃《そろ》えるために、何度も往復する必要があるということだ。

「お主、我らを出し抜こうとしておるな」

ギードがハッと気づいたように言った。

「役に立つところを見せて、護衛でなくとも、外に出ていられるようにするつもりであろう」

「負けておられぬ」

「我らもするぞ」

ギードとフーゴが急いでクローゼットに向かい、何故かスライムまでそれについて行った。

理人は呆れつつも、先にシャツを身につける。その間にクルトが革《かわ》のパンツを持ってきた。最近は、ほとんどシャツと革パンツの組み合わせばかり着ている。昨日、自分で買ってきたのも、同じようなものだ。

革パンツを受け取ったものの、先に下着を穿《は》きたいと視線を向けた先に、スライムが下着を体に乗せて、飛びながら近づいてきていた。

「何か運びたがっていた」

手ぶらで戻ってきたクルトが、スライムの行動を説明する。どうやら、クルトがスライムに下着を乗せたようだ。自分も手伝いをしたい。スライムの行動は理人にもそう見えた。

「そうか。ありがとう」

スライムの気遣いと、着替えを運んできてくれたことへの礼を口にする。

「我らも持ってきてやったぞ」

「他に何が必要だ?」

靴と靴下を咥《くわ》えてやってきたギードとフーゴが理人に尋ねる。

「これで充分だ」

理人はまずそう言ってから、

「お前たちは何かあったときのためにいてもらってんだから、俺の世話なんてしなくていいんだぞ」

使い魔とスライムに対して断りを入れる。世話をしてもらう立場になったことがないから、今の待遇がどうにも落ち着かない。

「この部屋にいて何かあることはない」

「つまり、我らは暇なのだ」

ギードとフーゴは、堂々と自分たちのアピール兼《けん》暇つぶしなのだと言い切った。そう言われると、理人も何もしなくていいとは言えなくなる。だが、本来、護衛とは常に警戒《けいかい》しているものではないのか。理人はそんな思いを込めて尋ねる。

「誰かが押し入ってきたりするかもしれないだろ」

「それは無理である」

「主の結界は誰にも破《やぶ》れぬ」

「結界？　天使の国を覆《おお》ってるとか言ってたアレか？」

言い慣れない言葉でも、聞き覚えはあった。遮音《しゃおん》するときも使い魔たちは結界だと言っていたから、結界にもいろんな種類があるようだ。

「うむ。主の許可《きょか》がなければ入ることはできぬ」

「だから、ゲラルトはいつもドアから入ってきてたのか」

理人はようやく納得した。アロイスは部屋の中に転移してくるのに、ゲラルトはドアをノックしてから入ってくる。その違いの理由は結界にあったようだ。

「故《ゆえ》に、この部屋にいる限り、我らは暇である」

「つまり外に行きたいんだな」

理人はギードの訴えに苦笑いで言い返した。

「とは言ってもなぁ……」

出かける用事がないのだと理人は頭を捻《ひね》る。また買い物に出かけるにしても、何か足りないものはないかと室内に視線を巡《めぐ》らせた。

理人の目にとまったのは、テーブルに置かれた刀だった。昨日、この部屋まで持って帰ってきたが、その後、どうしたかの記憶はなかった。

「ああ、アレがあった」

「アレを使いこなせるようにならないとな」

理人は、ぼそっと呟いた。

飾《かざ》りにするために手に入れたわけではない。今後のためにも、必要だから譲《ゆず》ってもらったのだ。この先もずっとここで守ってもらえる保証はどこにもない。アロイスは理人でいいと言ってくれたが、治癒の力がなくなっても、天使の体でなくなっても、そう言ってくれるとは思えなかった。

そのときのために、身を守る術《すべ》を得たかった。

「では、稽古《けいこ》をしようではないか」

「我らも相手になろう」

ギードとフーゴが即座《そくざ》にそんな申し出をしてきた。刀を使うのなら、この部屋を出ることになるからだろう。

「城の中では無理だよな？　どこかいい場所を知ってるか？」

理人は使い魔たちに問いかける。

「ゲラルトを呼び出そう」

「奴に場所を用意させよう」

「……行ってくる」

使い魔たち同士で話がまとまった。クルトがゲラルトを呼ぶため、部屋を出て行く。

話をしながらも理人は着替えを終わらせていたから、次は刀をどうやって体につけるかを考えていた。着物であれば腰紐《こしひも》に差すところだが、生憎《あいにく》と今の格好《かっこう》にはベルトすらない。刀でないにしても、他の奴らがどうやって武器を所持していたのか、街で見ておくべきだった。

「帯剣《たいけん》用ベルトを買わねばならんな」

「街に出向く用ができたぞ」

理人が刀をどうしようか迷《まよ》っていることにケルベロスが気づいた。ギードとフーゴが嬉しそうに街に出かけることを提案する。

「わかった、わかった」

理人は笑って提案を受け入れる。口調は年寄り臭《くさ》いのに、まるでお出かけを強請《ねだ》る子供のようで微笑《ほほえ》ましい。

　何をしていたのか知らないが、ゲラルトはすぐに現れた。

「室内で剣を振れる場所はございませんが、敷地《しきち》の中にある軍隊《ぐんたい》の演習所《えんしゅうじょ》でなら、好きなだけ剣を振るっていただけます」

　クルトが既に事情を説明していたようで、ゲラルトは適した練習場所を提案してきた。

「誰か使ってんじゃねえのか？」

「大丈夫です。今は出払っております」

　聞けば、隣国《りんごく》との国境《こっきょう》近くで反乱が起きているのだという。軍隊はその制圧《せいあつ》に総出で向かっているため、演習所は無人らしい。

「それなのに、こんな暢気《のんき》にしてていいのか？」

　アロイスやゲラルトを見ていると、とてもそんな大事が起きているとは思えない。逆に理人のほうが心配になってしまう。

「隣国が手を貸しているため、反乱の体《てい》をなしてはおりますが、所詮《しょせん》、有象無象《うぞうむぞう》の集まり。アロイス様が出向くまでもないことなので、訓練《くんれん》がてら軍隊を派遣《はけん》しました。何しろ、アロイス様が皇帝になられてからは、軍隊の出番がありませんでしたから」

「城が手薄《てうす》になるのはいいのか？」

「軍が常駐《じょうちゅう》するより、アロイス様お一人がいらっしゃるほうが遙《はる》かに安全です」

「それはアロイスが凄《すご》いのか、軍がショボいのか、どっちだよ」

「アロイス様が凄いのです」

ゲラルトの崇拝が揺るがない。もっとも、単身で国を一つ制圧したくらいなのだから、地方の反乱など、アロイスが出る幕《まく》がないのは当然だ。

「それでは参りましょうか」

演習所までゲラルトが案内をしてくれるらしい。誰もいないのなら気楽だと、ゲラルトの後についていく。もちろん、使い魔たちもスライムも一緒だ。スライムは邪魔《じゃま》になるとの判断なのか、クルトの背中に乗っている。

階段で一階まで下り、中庭を抜けた先に演習所はあった。城とは別棟《べつむね》の建物も軍の施設《しせつ》だという。

刀はずっと理人が手に握っていた。演習所について、鞘《さや》から抜くと、

「変わった武器でございますね」

ゲラルトが不思議なものを見る目を向けてきた。

「俺の元いた国の……、昔の武器だ」

「随分と細身で、刃《は》も片側にしかないのですね」

ゲラルトが刀身《とうしん》に顔を近付けて観察する。その距離の近さに、刀を握る手が緊張する。切れ味はまだ試していないが、当たれば無傷《むきず》では済まないような輝きを放っていた。

「よくできてると思う。俺のいた国でも限られた職人しか作れなかったはずだ」

理人も詳しいわけではないが、日本刀マニアの兄貴分がそんな話をしていたのを覚えていた。

「まずは切れ味を試してみましょう」

ゲラルトはそう言って、試し切り用の木で出来た人形の前に移動する。軍隊の演習のため、常に設置されているものらしい。

理人が過去にしていたのは剣道で、日本刀は握ったことがあるだけだ。正しい使い方を知らない。だが、漠然《ばくぜん》としたイメージはあった。

人形の前に立ち、刀を構《かま》える。

西洋剣のように叩《たた》き斬《き》るのではなく、撫で斬るイメージで刀を振り下ろした。

驚くほどに手応えがなかった。木材を切った感触はまるでない。切れていないのではない。人形は斜めに真っ二つになり、上半分が地面へと滑《すべ》り落ちた。

「見事な切れ味です」

ゲラルトも人形を見ながら、感心したように言った。

「どうやら、この剣にはいくつか魔法が付与されているようです」

「魔法付与？」

また聞き慣れない言葉だ。意味や方法はわからないが、この刀に魔法が使われているらしいことだけは、これまでの経験からなんとなく理解できた。

「ええ、魔法で強度と切れ味の効果を上げているようです。そうでなければ、この細さでは簡単に折《お》れてしまうでしょう」

なるほどと納得できた。技術を完全に再現できなくても、日本刀の持ち味を出せるのは、魔法があってのことだったようだ。

「ってことは、少々のことじゃ、折れないと考えていいわけだ」

「大丈夫だと思われます」

ゲラルトの言葉を受けて、理人はそこからさらに数回、刀を振るった。人形はどんどん小さくなっていくのに、刀に刃こぼれはない。

須藤には軽すぎたこの刀も、理人にはちょうどよかった。理人は満足して、刀を鞘《さや》に戻す。

「もうよいのか？」

ギードが尋ねてくる。

「自分にコレが扱《あつか》えることがわかったからな。人形相手だと、何度やっても同じだろ」

「では、魔獣狩《まじゅうが》りに行こうではないか」

「我らが付き合おう」

「自分たちが行きたいだけだろ」

ギードとフーゴの思考がわかってきた。とにかく出かけるチャンスを窺《うかが》っているのだ。さらに言えば、彼らも戦いたいのだろう。

「魔獣か……」

使い魔たちにとっては暇つぶしでも、理人にとっては切実だ。この先、魔獣と対面することが出てくるかも知れない。まだ魔獣とは何かもわかっていない状況だ。そのとき対応できるように、使い魔たちが一緒にいてくれる今、試しておくべきだろう。

理人は過去にかなり荒《すさ》んだ生活をしていた時期があった。その頃には、殴《なぐ》る蹴《け》るはよくあることだった。もっとも、刃物で刺されて死んではいるが、誰かに刃を向けたことはない。魔獣であっても、怖《お》じけず刃《やいば》を向けられるか。それも気がかりだった。魔獣相手に怯《ひる》むことなく立ち向かえなければ、須藤が言っていた冒険者という職にも就《つ》けないだろう。

須藤といえば、職探しのことを思い出した。そばにゲラルトがいる今がちょうどいい。

「ゲラルト、虎獣人に仕事を探してほしいんだけど……」

「伺《うかが》っております」

理人が詳細を話す前に、ゲラルトがそう言って恭《うやうや》しく頭を下げた。誰が話したのかと視線を巡らせば、ギードとフーゴは我関せずの顔で、クルトが小さく頷く。どうやらクルトが先に話を通しておいてくれたようだ。昨晩《ゆうべ》、理人にはゲラルトに会う余裕すらなくなることがわかっていたのだろう。

「ご本人の希望もおありでしょうから、会ってからでよろしいでしょうか?」

「ああ。頼む」

これでいつ須藤が訪ねてきても大丈夫だ。安心したところで、ふと思った。魔獣狩りに須藤を誘ってはどうだろうか。

須藤も同じ日本人。狩りの経験などないだろう。使い魔たちがいるときに、一緒に体験しておけばいいのではないか。もしかしたら、須藤に冒険者の勘《かん》が蘇《よみがえ》るかも知れない。

「魔獣って、俺が失敗しても大丈夫なんだよな?」

「問題ない」

「我らがいれば」

ギードとフーゴが自信たっぷりに即答《そくとう》する。

「明日、魔獣の討伐に行っていいか？」

今日はもう出かけるには遅い。どこまで行けば魔獣に出会えるのかわからないが、その日中に戻ってくることを考えると、朝から出かけたほうがいいだろう。

「もちろんです。では、必要な防具は今日中に揃えておきましょう」

「そうか。防具もいるんだったな。後、コレ用の帯剣ベルトも頼む」

ゲラルトに頼んだことで、今日の買い物はなくなった。使い魔たちが残念がるかと思ったが、明日の魔獣狩りのほうが楽しみらしく、何も言われなかった。


結局、昨日のうちに須藤が訪ねてくることはなかった。ゲラルトが門番にも話を通しておいてくれたのだが、須藤が来たという報告はない。

「困ったな。居場所がわからない」

出かける準備万端《ばんたん》で部屋にいた理人は、どうするかと頭を悩ませる。

てっきり須藤が昨日のうちに来ると思っていたから、そのとき討伐にも誘うつもりだった。

一昨日《おととい》、別れたときにはまだ宿が決まっていなかったから、須藤のほうから連絡してくるのを待っていたのだ。

「広い王都とはいえ、宿の数など限られている」

「順番に当たればいい」

ギードとフーゴが簡単なことのように言うのだから、宿屋を全て回ってもさほど時間はかからなさそうだ。

「仕方ない。それで見つからなければ、今日のところは俺たちだけで魔獣狩りに行こう」

楽しみにしている使い魔たちのために、狩りを延期《えんき》することはできない。一度だけと決めたわけではないから、須藤に会えなかったら、また次の機会に一緒に行けばいいだけだ。

今日もまた、肩にスライムを乗せ、使い魔たちに挟まれ、街へ繰《く》り出した。前回と違うのは、腰に刀を下げていることだ。ゲラルトが用意してくれた防具も魔法が付与されていて、一見すると普通のベストに見え、身につけても負担がないほど軽く、仰々《ぎょうぎょう》しさもなくて気に入っている。

理人たちは城から一番近くにある宿屋から当たった。そこは空振《からぶ》りで、すぐにまた次の宿屋を目指す。そうして続けた三軒目《さんけんめ》は、見るからに安宿だった。全体的に古びていて、入り口の扉も立て付けが悪く、開ければ軋《きし》んだ音がした。

中に入ると、正面にある木製のカウンターで、エプロンを着けた何かの獣人が食事の準備なのか、木の実の皮を剥《む》いていた。

「ここに……スーザンって虎獣人が泊まってないか?」

須藤では通じないと気づいて、理人は言葉を換えて問いかける。

「ああ、泊まってるよ」

客が少ないのだろうか。獣人は考える間もなく答えた。

「今、いる？」

「出かけてるね。訪ねてくるやつがいたら、これを渡してほしいって言われてる」

獣人はエプロンのポケットから、折りたたまれた紙を取り出し、理人に突きつけてきた。

「……ありがとう」

訝しく思いながらも、理人は礼を言って受け取ると、すぐにその場を離れた。中を確認するのは、宿屋を出てからでいい。興味がない振りをしながらも、チラチラと探るような視線を向けてくる獣人が気に障《さわ》った。

宿屋を出て、通行人の邪魔にならない壁際《かべぎわ》まで下がってから、折りたたまれた紙を開いた。

思い返してみれば、こっちの世界に来てから、文字を目にするのは初めてだった。知らない文字が並んでいる。だが、何故か読めた。

「あやつはどこにいると？」

ギードが下から尋ねてくる。立ったままメモを見ているから、使い魔たちには視線の高さが合わず、中がわからないのだ。

「遮音結界をかけてくれ」

答える前に、理人は魔法を頼んだ。理人の様子でただ事ではないと察したギードが、すぐさま遮音結界の魔法をかけた。

「須藤は攫《さら》われた」

理人はそう言ってから、メモ書きの内容を使い魔たちに教えた。

虎獣人を捕《と》らえている。助けて欲しければ一人で来い。皇帝に知らせると虎獣人の命はない。

最後はその脅《おど》しで締《し》めくくられていた。

「面白いことになってきたではないか」

「これこそ、我らの出番」

ギードとフーゴはやる気満々だ。活躍の場ができたと喜んでいるようにも見える。

「お前たちが行けば、アロイスに知らせたってことになるんじゃないのか？　多分、向こうはそう考えるぞ」

おそらく使い魔たちが姿を見せた瞬間、須藤の命はないだろう。この世界での命の重さが、日本と違うのはなんとなくわかっている。理人がアロイスと関わりのあることをわかっていて、喧《けん》嘩《か》を売ってくるような相手だ。須藤を殺すことに躊躇《ためら》いなどないだろう。

「まさか、お主、一人で行こうとしておるまいな」

「それは無謀《むぼう》」

ギードとフーゴが反対するのは当然だ。彼らは理人の護衛なのだ。

理人が須藤を助ける義理はない。須藤と会ったのは、たった一日、しかも僅《わず》か数時間だけだ。須藤との間にあるのは、同郷で天使の魔法の失敗に巻き込まれた被害者同士ということくらいだ。

それでも理人は須藤を助けたかった。そもそも、須藤が攫われた理由が、理人にあることは明らかだ。

須藤を攫った犯人《はんにん》は、理人がアロイスに囲われていることを知っている。つまり、城の関係者の中に犯人がいるということだ。城内では理人を攫えないから、城の外で、さらには使い魔たちを遠ざけて攫おうとしている。

だが、そこまでして、理人を攫いたい理由がわからなかった。天使だと知られているなら、攫う価値もあるだろうが、使い魔たちを除《のぞ》けば、知っているのはアロイスとゲラルト、それに攫われた須藤だけだ。

「俺を狙《ねら》う理由ってなんだろうな」

理人は自分では答えが出ず、使い魔たちに尋ねてみた。

「主への恨みではないか?」

「心当たりは?」

「山ほどあるぞ」

「数えきれぬな」

アロイスへの忠誠心《ちゅうせいしん》も敬意《けいい》もあるが、事実は事実として、ギードとフーゴが冷静に分析《ぶんせき》する。

「クルトはどう思う?」

「……主は先の皇帝を倒して、この国の支配者となった。その残党《ざんとう》もいる」

「アロイスに呪いをかけた奴か」

そうだとクルトが頷く。

「アロイスに恨みがあったとして、俺を攫って、その恨みが晴らせるか？　俺があいつの呪いを解いたことは、まだ誰も知らないんだし」

理人がそう言うと、ギードとフーゴはやれやれといったふうに、二つの頭を同時に振った。

「主が誰かをそばに置いたのは、お主が初めてだ」

「お主は主の特別。皆、そう思っておる」

「なるほどな。だから、俺を攫って、殺すなりすれば、あいつにダメージを与えられるってか」

アロイスがどう思っているかではなく、周りがどう見ているかという意味では納得できた。確かに、アロイスに特別扱いをされているような待遇ではある。アロイス自身もそんな言動をしているが、その理由は理人が天使だからとしか思えなかった。だから、自分を攫う価値などないと思ってしまうのだ。

「今、こっちを探ってる奴はいるか？」

理人にはわからないが、使い魔たちなら、そんな気配を探れるのかと尋ねてみた。

「おらぬな」

ギードの返事を受けて、この後の方針《ほうしん》が決まった。

「一度、城に戻るぞ」

「助けに行かぬのか？」

「このままで行けば、須藤は殺される。だから、城に戻って作戦会議だ」

すぐに来いとは言われていなかった。そもそも理人が宿屋をいつ訪ねるかもわかっていないのだから、時間指定もされていない。誰もこの宿屋を見張っていないということは、向こうもすぐに理人が来るとは思っていなかったと考えられる。ある程度の猶予《ゆうよ》はあるはずだ。

「その前に、宿屋の女将《おかみ》が何かしらの情報を持ってるはずだ。誰かに締め上げさせよう」

もしかしたら、理人が来たことを女将が犯人たちに知らせるかもしれない。その可能性を潰すためでもある。

須藤があのメモを女将に渡すはずがない。なのに、女将は宿泊している虎獣人からだと、堂々と理人にメモを渡した。共犯《きょうはん》とまではいかずとも、金をもらって協力している可能性がある。

「……俺がやろう」

意外なことにクルトがその役目に名乗り出た。

「情報があれば、こいつらに知らせる」

「使い魔同士は、離れていても連絡が取れるのか？」

理人の問いかけに、クルトが頷く。

「ついでに見張っておく」

もし女将が共犯なら、仲間が様子を見に来るかもしれない。そのためにクルトが自ら名乗り出たようだ。

「では、ここからは別行動だ」

「しっかりやるのだぞ」

フーゴから偉そうに言われても、クルトは気を悪くしたふうもなく、宿屋の中に入っていった。

それを見送ってから、理人たちも動き出す。

「何か策《さく》は考えておるのか？」

ギードがワクワクした様子で尋ねてきた。

「策ってほどのことじゃねえけど、一人で向かったようには見せないとな」

「一人では行かせられん」

「我らは護衛」

「わかってる。そんな勝算のないことはしねえよ」

「では、どうするのだ？」

「一人の振りをするだけだ」

理人はそう言ってから、

「お前たちはどこまで小さくなれる？」

この場にいないクルトのことも含めて尋ねた。

「どこまででも」

「能力的には？」

「この半分くらいの大きさまでなら変わらぬ」

「半分か……」

理人はそう呟き、思考に耽《ふけ》る。小さくなって強さが劣《おと》るのなら、理人の考えていた計画に支障《ししょう》を来《きた》す。

「どこまで小さくなって欲しいのだ？」

「服の中に隠せるくらいだ」

「なるほど。我らを隠して連れて行こうとしていたのだな」

「だが、そこまで小さくなれば、我ら、護衛はできん」

「そうだよなぁ」

本当の意味での「一人で出向く」つもりは理人にも初めからなかった。一人で行ったとしても、須藤を無事に解放《かいほう》してもらえる保証などどこにもない。そんな甘い奴らなら、そもそもアロイスの所有物である理人を狙ったりしないだろう。

「では、我らは中継《ちゅうけい》役をしようではないか」

「中継って？」

「主ならば、我らが見聞きしたことを感じ取ることができる」

「お主が危なくなれば、主に来てもらえばよい」

「それしかねえか」

結局、アロイスの力を借りるしかないのかと、理人は自嘲気味《じちょうぎみ》に笑う。この世界に来て、アロイスに頼らずにできたことなど何もない。それが情けなかった。

理人が再び街に出たのは、メモを読んでから一時間後だった。その間に、クルトからギードとフーゴに連絡があった。

「金をもらっただけだったか」

「流行《はや》ってなさそうな宿屋であったからな」

「小金でも欲したのであろう」

「それで客を売ってちゃ、ますます閑古鳥《かんこどり》が鳴くだろ」

睡眠という無防備な状態を預けるのだ。信頼できる宿屋でなければ、誰も寄りつかなくなる。

これが無事に終われば、すぐにでも須藤の荷物は他の宿に運ばせよう。理人は既に終わった後のことを考えていた。もっとも、須藤を無事に助け出せればの話だが。

理人は一見すると、ただのスライム連れの冒険者だ。ケルベロスは拳《こぶし》よりも小さくなって理人の胸元に収まっている。スライムは危ないから置いていこうとしたのだが、理人の肩から離れず、仕方なく連れてきた。

「こやつも護衛のつもりであろう」

「そうなのか？」

ギードの言葉を受け、理人は肩に乗ったスライムに問いかける。もっとも言葉での返事はなく、ただぷるぷる震えるだけだ。それでも肩から下りないのだから、あながち間違ってはいないのだろう。

「あまり危ないことはするなよ？　さすがに即死《そくし》じゃ治せない」

理解しているのかわからないまま、理人はスライムに言い聞かせる。こっちの世界に来てからずっと一緒にいるせいで、すっかり愛着が湧いてしまった。

指定された場所に向かって歩いて行く。道案内はギードとフーゴだ。

アロイスにもゲラルトにも報告をせずに城を出てきた。使い魔たちが知らせているか、それこそ、使い魔を通じて勝手に見聞きしているはずだ。何も言ってこないのは、アロイスにとって問題ある行動ではないからに違いない。

目的地までは、最初は問題なかった。だが、近づくにつれ、あの城で感じたような嫌な視線が絡みついてくる。自然と理人の表情が険しくなる。

「お主でも気づくか」

懐《ふところ》の中からギードが言った。体が小さくなった分、声も相当小さくなったが、かろうじて理人には届く。

「さすがにこうも露骨《ろこつ》だとな」

アロイスに恨みがある奴の犯行だと思っていたが、この視線には理人への嫌悪《けんお》を超えた殺意を感じる。

「俺が狙いか？」

「安心するがいい」

「お主には防御魔法がかけられておるから、小物の攻撃《こうげき》など屁《へ》でもないぞ」

「そういや、そんなことを言ってたな」

理人は何気なく首筋に手をやった。アロイスに触れられると熱くなる所有印も、今は何も感じない。ここにどれだけの魔法がかけられているのか。触るだけではわからなかった。視線はずっとついてくる。理人が一人で来ているのか、余計なことをしないかを見張っているのだろう。

理人は視線に気づいていない振りで歩き続けた。車などない世界だ。なかなかの距離を歩いているが、こちらではそれくらい歩くのは当たり前のようだ。時計を持っていないから正確な時間はわからないが、きっと一時間以上は歩いたはずだ。

前回の森とはまた別の森に差し掛かった。帝都はいくつかの森と隣接《りんせつ》しているのだと、ギードが教えてくれた。

奥に進めば進むほど、薄暗くなっていく。鬱蒼《うっそう》とした雰囲気は、気分まで暗くしていくようだ。何の動物か魔獣か知らないが、おどろおどろしい鳴き声も聞こえてくる。

「アレは魔獣だ」

「まだ気配は遠いが、用心しろ」

ギードとフーゴの警告《けいこく》に、理人は声に出さずに頷く。

戦力にならない状態での使い魔しかいない今、魔獣に襲《おそ》われたらひとたまりもない。刀は差しているが、咄嗟《とっさ》に使える自信もなかった。

とはいえ、魔獣狩りに来る冒険者が多いのか、獣道《けものみち》よりはちゃんとした道ができていた。それに沿って歩いて行けば、もうすぐらしい。

街からついてきていた嫌な視線とは別に、また新たな気配が増えた。そこには最初ほどの露骨な殺意は感じない。ただ監視《かんし》しているだけの、そんな探るような視線だった。

日本にいた頃は、ここまで視線に敏感《びんかん》ではなかった。これも天使になった影響《えいきょう》なのだろうか。

目的地に近づくに連れ、理人に注《そそ》がれる視線が増える。目的地が目前になったときには、すっかり視線に取り囲まれていた。

森の奥地に、少し開けた場所があった。冒険者たちが休息をするための場所でも作ったのか、人為的に作られたような場所だ。そこにある人だかりで、最終目的地だと理人は判断する。

その場に立っているのは五人。理人たちを取り囲んでいる気配は四つ。そして、唯一《ゆいいつ》、地面に倒れているのが須藤だ。

理人がやってきたことに気づいているのに、まだ誰も言葉を発しない。だから、理人はさらに集団へと近づいていく。今の距離では須藤が生きているのかどうかわからない。わかる距離まで近づきたかった。

平然と歩き続ける理人に、集団の中の一人が苛立《いらだ》ったように命令した。

「止まれ」

理人はやれやれというふうに、肩をすくめて足を止めた。

ほとんどが魔族の男だ。人型だが外見に何かしらの特徴《とくちょう》がある。獣人のような外見の者もいたが、何の動物だかわからないから、魔族かも知れない。その中にいる須藤は、相当痛めつけられたのだろう、傷だらけで、ところどころ出血した様子も見られるが、腫《は》れた瞼《まぶた》の下の目が微《かす》かに動いたから、まだ息があるのはわかった。

「本当に来たぜ」

「だから言ったろ。貢《みつ》ぐほどに入れ込んでるってさ」

「馬鹿な男だ。囲われ者のくせに」

男たちが下卑《げび》た声で理人を嘲笑《ちょうしょう》する。

どうやら、男たちは須藤が理人の恋人か何かだと思っているらしい。昨日、一緒にいるところを見られた上に、財布を渡したところも目撃《もくげき》されていたようだ。遮音結界を張っていたため、会話が聞こえていないから、勝手に男女の仲だと判断したのだろう。

「で、目的は？」

理人は冷静に問いかける。理人を呼び出す餌《えさ》として須藤が攫われた理由はわかったが、それだけだ。

「決まってるだろう。お前とコイツを殺して、アロイスに見せつけてやるんだ」

男たちの声にはアロイスへの恨みがこもっていた。前皇帝をその座から引きずり下ろしたアロイスが憎いのだろう。だが、その恨みの晴らし方が、理人には理解できなかった。

「それが何になる？」

心底、わからないと理人は問いかける。

「自分の入れ込んでる男が、デキてる女と一緒に殺されるんだ。皇帝の面子《めんつ》も丸つぶれだろうが」

「しょぼい嫌がらせだな」

理人は思わず呆れ声で言ってしまった。

「なんだとっ」

気色《けしき》ばむ男たちに理人は失笑する。これではアロイスの足下にも及《およ》ばないどころか、視界にも入らない。相手にもされていないから、こんな馬鹿げた方法しか選べないのだ。

「ちょっと、いつまで話なんかしてんのよ」

堪《たま》らずといったふうに、木の陰《かげ》から女が飛び出してきた。

魔族の女だ。どこかで見たことのある……、理人がそう考えたのはほんの一瞬で、すぐに思い出した。城にいた治癒師のダニエラだ。これで全てが繋がった。

城内にいるのはアロイスの信奉者《しんぽうしゃ》ばかりで、理人に向けられていた視線には、妬《ねた》みが多かった。だから、アロイスを敵視する勢力に加担している裏切り者がいるのかと不思議だったのだが、ダニエラが絡んでいるなら納得だ。

「なるほどね。アロイスに相手にされないから、俺を消そうとしたってわけか」

「うるさい。早くコイツを殺しなさい」

怒りを露《あら》わにダニエラが男たちに命令した。殺意を持って理人を見つめていた視線の持ち主だったと、ダニエラが自ら暴露《ばくろ》する。

「俺を殺しても、後釜《あとがま》になんてなれないのに、ご苦労なことで」

嘲笑《あざわら》う理人に、ダニエラの怒りが頂点に達した。手のひらを理人に向けたかと思うと、そこから、黒い靄《もや》が噴《ふ》き出した。

靄の正体はわからないが、理人に焦りはなかった。アロイスのかけた魔法なら、きっと問題ないはずだからだ。

悠然《ゆうぜん》と立ったまま避けようとしない理人に対して、靄が近づいてくる。

「何っ？」

焦ったのはダニエラのほうだった。理人は何もしなかった。けれど、黒い靄は横から吹きつけられた炎《ほのお》によって打ち消された。

「貴様は何をしている」

聞き覚えのある怒った口調の声。ドラゴンが追いかけてきているような、そんな気配も感じていたから、理人に驚きはない。驚いたのは、ドラゴンが魔法を使ったことだ。

「お前、攻撃魔法は使えないんじゃなかったのか？」

「この姿だと使えるようだ」

天使もドラゴンになってから、何もしないでいたわけではなかったようだ。自分の体を取り戻すまでは、ドラゴンなのだ。何ができて何ができないかを試すのはごく普通の行動だろう。そして、ドラゴンの体だと、本来は使えるはずのない攻撃魔法が使えることがわかり、使いこなせるようになったというわけだ。

「今はその話じゃない。どうして、こんな厄介《やっかい》ごとに巻き込まれる？」

ドラゴンからすれば、理人の行動次第で、自分の体が傷つけられる恐れがある。だから、その体を守るため、こうして駆《か》けつけてきたのだろう。

「ドラゴンでも子供だ。たいしたことねえ。構わずやっちまえ」

男たちが理人とドラゴンの周りを取り囲む。尾行《びこう》していた男たちも合流し、総勢九人となった。

すぐに攻撃を仕掛けてこないのは、やはり幼体とはいえ、ドラゴンを警戒しているのだろう。

男たちは互いに出方を窺っている。

理人は既に男たちとのやりとりに飽《あ》きていた。それに生きているとはいえ、須藤をいつまでもあの状態で放置しておいていいわけがない。

最初は時間稼《かせ》ぎをするつもりだった。アロイスがここに駆けつけるまで、話を引き延ばそうと考えていた。けれど、そんな必要はなさそうだ。完璧に気配を消しているはずなのに、理人はアロイスが近くにいることを確信していた。

理人はすっと刀を抜く。

ちょうど魔獣狩りに出かけるところだった。魔獣ではないが、試し切りの相手が見つかったと思えばいいだけだ。

「男娼《だんしょう》が粋《いき》がってんじゃねえぞ」

理人が武器を構えたことで、魔族たちはますます頭に血が上ったようだ。全員が一斉《いっせい》に理人に向かってくる。

アロイスの防御魔法があるから、向けられた魔法は全てはじき返せる。おかげで理人にとっては得体の知れない魔法を気にせず応戦できる。

「しっかり掴まってろよ」

理人は肩のスライムに言い聞かせる。下手に理人を庇おうとして動かれると戦いづらくなる。

スライムを気にしながら戦える余裕は理人にはない。

ドラゴンは自分の体を守りたいものの、今のドラゴンの姿にも攻撃を受けるわけにはいかないと、理人を置いて空中に飛び上がる。多勢《たぜい》に無勢《ぶぜい》。いくらドラゴンとはいえ、慣れない体で多人数を相手にするのは厳《きび》しいと判断したようだ。理人は視界の片隅《かたすみ》にそれを捕らえたが、何も言わなかった。

「おい、魔法が効《き》いてねえぞ」

何のダメージも受けず、悠然と立っている理人に、魔族たちが焦った声を上げる。魔族にとっての攻撃の中心は魔法だ。それが効かないとなれば、動揺《どうよう》するのも無理はない。

「俺に任せろ」

一人の男が飛び出してきた。てっきり魔族だと思っていたが、手の先が蛇《へび》の頭になっていて、蛇獣人だったとわかる。その蛇がまっすぐ理人に向かって伸びてきた。

理人は瞬時《しゅんじ》に反応し、刀を振り下ろした。

バシュッと音がして蛇の頭が切り落とされる。痛覚は蛇の部分にもあるらしく、男は呻《うめ》いて地面に膝をつく。よほど理人が軟弱《なんじゃく》に見えるのか、反撃《はんげき》されることなど全く考えていなかったに違いない。苦痛に顔を歪《ゆが》めつつも、呆然《ぼうぜん》としたようになくなった腕を見つめている。

理人にもダメージがなかったわけではない。切り落とした拍子《ひょうし》に弾《はじ》け飛んだ蛇の体液が飛び散り、頬《ほお》に当たった。

焼け焦げるような匂《にお》いが理人の鼻をくすぐる。頬に触れるまでもなく、そこが焼け焦げたことは熱と痛みでわかった。

「私の顔がっ……」

ドラゴンが悲鳴のような叫《さけ》び声を上げたときだ。理人たちを取り囲んでいた魔族たちが一斉に消滅《しょうめつ》した。まるで空気に溶け込んでいくかのように、徐々に姿が薄くなって、最後には見えなくなった。それはダニエラも同じだった。驚いた顔のまま、ダニエラは消えてしまった。残されたのは理人と須藤、それにドラゴンだけだ。

アロイスの仕業だとすぐにわかった。そして、それを証明《しょうめい》するように、アロイスが理人の前に姿を現す。その隣には本来の大きさであろう。理人の背丈《せたけ》と変わらぬほどの体高になったクルトが控《ひか》えている。

理人は刀を軽く一振りして、刀身に纏《まと》った蛇の体液を振り払ってから鞘に戻す。もう刀の出番はなくなった。

「クルト、後は任せた」

「承知《しょうち》した」

アロイスはクルトに命令した後、すぐさま理人を片手で抱き寄せる。

「早くそれを治せ」

理人の顔を見つめて命令する。

「どうやって治すのか知らねえんだよ」

頬の火傷《やけど》のせいで、少し喋りづらいものの、理人は顔を顰《しか》めつつ反論する。アロイスだけでなく自身に対しても、無意識に治癒しているから、意識的にできたことは一度もない。

「そうか。なら、仕方ない」

アロイスはそう言って、理人を抱えたまま浮き上がる。そして、そのまま飛行で城に向かった。須藤もドラゴンも置き去りだ。

「あいつらは？」

理人はアロイスに尋ねる。

「あいつら？　どれのことだ？」

既に記憶にないとばかりの返答に、理人は改めて、さっき消えた魔族たちだと答える。

「面倒だから亜空間《あくうかん》に放り込んだ」

「亜空間？」

「俺にとってのゴミ捨て場だ。ゴミしかないが、生きてはいける」

アロイスは全く興味なさげに答える。

理人に嫉妬《しっと》するほどアロイスを慕《した》っていたダニエラも、一瞥《いちべつ》すらされずに亜空間に送られた。顧《かえり》みられることも一切ない。理人はほんの少しだけ、ダニエラに同情した。

前と同じ、アロイスの部屋のベランダに降り立っても、アロイスは理人を離さなかった。アロイスの動きに合わせて窓が勝手に開き、室内へ進んでいく。

「お前たちは出ていろ」

部屋の中に入ってから、アロイスはそう言うと、理人の胸元から小さくなったケルベロスを引

っ張り出した。きっとアロイスが魔力を分け与えたのだろう。手のひらサイズだったケルベロスが瞬時に普段の大きさへと変化する。

「コレも連れて行け」

アロイスは理人の肩からスライムを引き剝がし、ケルベロスに向けて放り投げる。ギードが口で受け取ると、そのまま背中に乗せて部屋を出て行った。

「すぐに追い出さなくてもいいだろ」

「見られるのは嫌なんじゃなかったのか？」

「もう……するのか？」

帰ってきたばかりなのにと、理人が視線にも抗議《こうぎ》の思いを込める。

「この忌々《いまいま》しい痕《あと》を消すためだ」

アロイスは自分以外が理人に痕を残すことが許せないようだ。一切の弁解も聞かず、魔族たちを消し去ったのは、理人に傷を残したからだった。

「お前は無自覚で他者に魔力を与え、傷を癒《い》やしている。全身から溢れるほどの魔力は、勝手に漏《も》れ出て、傷を癒やすだろう」

「そういうもんか？」

疑わしげに見つめると、アロイスがニヤリと笑う。

「試してみればいいだろう」

そう言ったアロイスの顔が近づいてくる。ずっと抱き留められたままだった。逃げ場もないまま、アロイスに唇を奪われる。

日本人だった頃、女性経験はあったし、キスも経験済みだった。だが、こんなに同じ相手と何度もキスをしたこともなければ、キスをされる度に体が熱くなることもなかった。

腰に回していたアロイスの手が探るように背中を撫でる。まだ出ていない羽根を探してるかのような動きだ。

理人はまだ自分の意思で羽根を出し入れできない。今のところ、快感が高まりすぎたときに自然と出てしまうだけだ。男の証《あかし》だけでも興奮《こうふん》を隠せないのに、羽根はもっとわかりやすい。アロイスがキスをしながら背中を探るのも、理人が感じているか確かめようとしているからではないか。そう思えば、反抗心《はんこうしん》が湧《わ》いてくる。

理人は押しつけられた唇を割って、自ら舌を差し込んだ。互いに目を開けていたから、アロイスがほんの僅か目を見開いたのもわかる。理人の行動がアロイスを驚かせたのなら、それだけで満足だ。

元々、女性を相手にするときでも、理人はあまり積極的にはなれず、性欲が薄いのだと思っていた。だが、今は違う。何度も抱かれたせいで体が慣れただけでなく、自らアロイスを求め始める。自分にこれだけの欲望があったのだとアロイスに暴《あば》かれたようなものだ。

理人の舌にアロイスの舌が絡みつく。理人から求められたことに気を良くしたのか、アロイスは舌からも魔力を送り込んできた。

体は一気に昂《たかぶ》っていく。中心にも熱が集まってきた。それでもまだ足りないと、理人はアロイスの背中に手を回し、目を閉じる。

アロイスの舌が人間ではありえない長さに伸びて、理人の口中を貪《むさぼ》り始める。自在に伸び縮《ちぢ》みする舌が縦横無尽《じゅうおうむじん》に蠢《うごめ》き、理人の官能《かんのう》を引き出していく。

口づけだけとは思えないほど長い時間が過ぎ、ようやく解放されたときには、完全に体から力が抜けていた。アロイスに抱きかかえられていなければ、きっとその場に崩《くず》れ落ちていただろう。

「邪魔だな」

アロイスがそう言って、理人の腰から刀を抜き取った。これだけ密着していれば、邪魔に感じるのも当然だ。

「預《あず》かっておく」

放り投げられるかと思いきや、アロイスはその手からすっと刀を消した。

「……亜空間？」

さっき見たばかりの光景を思い出し、理人は呼吸を整えてから尋ねた。

「まさか。あれはゴミじゃないだろう」

アロイスは笑みを浮かべて否定してから、いつも使い魔たちがいる場所に送ったと答える。

「その辺に置くだけでよかったのに」

「一度、中断してか？　そんな無粋《ぶすい》な真似《まね》はしたくない」

一瞬でも理人を離したくなかったのだと、その熱い瞳で訴えられれば何も言えなくなる。

アロイスは理人を抱きしめたまま、シャツをまさぐり、その中に手を差し入れてきた。

「おい、ここでか？」

立った状態で始めそうな勢いに、理人はさすがに戸惑《とまど》いを隠せない。ベッドなら隣の部屋まで移動しなければならないが、ソファならほんの数歩先にある。

「お前がいつ羽根を出してもいいようにだ。立ったままなら羽根を気にしなくていいだろう？」

「そんなの、出てから考えろ」

「それもまた無粋だ」

アロイスが楽しそうに笑っている。その間も手は止まらず、理人のシャツは既に取り払われ、下肢《かし》に纏《まと》っていたパンツも下着もずり落ちて足首に留まっている。こうなれば邪魔なだけだ。理人は自ら片足ずつあげて、抜き取った。ついでに靴も靴下も脱いでしまう。これで一糸纏《いっしまと》わぬ姿になった。

理人は全裸になったというのに、アロイスは外にいたときと全く変わらない。そういえば、今日、アロイスは大人の姿のままで外に出ていた。隠しておくはずではなかったのかと理人は疑問に思う。

「どうした？」

自分を見つめる理人の視線に気づき、アロイスから尋ねてきた。

「大人の姿で外に出てよかったのか？」

「問題ない。見た奴は消した」

アロイスは何でもないことだと答える。確かにあの場にいた魔族たちはいなくなったし、須藤は眠っていたから見ていないとして、ドラゴンがまだ残っているが、獣は数に入っていないのだろう。

「この姿なら全力が出せる」

先の皇帝でさえ全力を出さずとも倒したアロイスが、力を出し惜しみしなかった理由など、考えるまでもなく、確認するまでもなく、理人のためだ。どんな状況下でも対応できるように、万全を期したのだろう。それほどまでに大事にされているのに、アロイスを信じ切れない自分が嫌になる。

理人の表情が僅かに曇《くも》ったのをアロイスは見逃さない。

「子供のほうがよかったか？」

「そんなわけないだろ」

理人は露骨に顔を顰めた。中身が大人だとわかっていても、子供相手にいいようにしてやられたというのは、もう二度と経験したくもない屈辱《くつじょく》だった。

「随分《ずいぶん》と表情が豊かになった」

「俺が？」

無表情だと言われ続けた自分が、まさかそんなふうに言われる日が来るとは思わなかった。自覚はなかったが、指摘されると、どんな顔をしていいのかわからなくなる。

「元々、抱かれているときは表情豊かだったがな」

アロイスは笑いながら理人の尻《しり》に手を伸ばした。

「……っ……」

裸だから、直接手のひらの感触が伝わってくる。理人は思わず息を詰めた。

アロイスはすぐに両手で双丘を揉《も》み始める。肉が薄くて柔《やわ》らかさもない尻を、揉みほぐすように手のひらで包み込む。

「んっ……」

狭間《はざま》に指が入り、理人は吐息を漏らす。

アロイスの指先が動く度に後孔を掠《かす》める。決して中には入らず、焦らすように撫でるだけの動きに、もどかしさが募る。後ろで感じることなど知らなかったのに、アロイスによって覚えさせられたせいで、体が勝手にその先を求めてしまう。

知らず知らず理人の腰が揺れていた。自分からアロイスの指に後孔を押し当てようとしているかのような動きに、理人は気づかない。

「入れてほしいか？」

アロイスの問いかけに頷く以外の選択肢はなかった。今更《いまさら》、アロイス相手に取り繕《つくろ》っても意味はない。どうせ、全て知られているのだ。

理人がこくりと頷くと、アロイスは満足げに笑い、後孔を撫でていた指をそのまま奥へと差し入れた。

「あ……はぁ……」

押し入ってきた指がまず浄化の魔法をかける。そこから広がっていく熱に、毎回、堪《こら》えきれずに体が震える。理人の中心は浄化魔法だけで力を持ち始めた。

「コレが好きだな」

理人の反応にアロイスが笑う。

「いい加減、魔法を覚えるからな」

ムッとした理人は、こんな状況下ながら、そう宣言した。

「自分で浄化をするためか」

「だったらなんだよ」

反抗的な理人の態度がおかしいと、アロイスがますます笑う。

「何がおかしい？」

「いや、俺に抱かれたくて、自分で浄化をかけるんだろう？　随分と健気《けなげ》だと思ってな」

「はあ？」

勝手な言い分に理人はムッとして睨《にら》み付ける。自分でできれば、今のようにアロイスに翻弄《ほんろう》されることが一つ減ると、アロイスもそれをわかった上で言っているのだろうとは推測《すいそく》できるが、腹立たしいことには変わりない。

「浄化の魔法だけは俺が教えてやろう。手取り足取りな」

アロイスがそう言えば、もう他の誰も理人に指導をしてくれなくなる。アロイスが許すはずなどないからだ。だがアロイスだと、まともな指導になる気がせず、理人は胡乱《うろん》な視線を向ける。

アロイスが理人の手を掴み、背後に回した。そして、その手を後孔へと差し向ける。

自身の指先が後孔を掠め、理人は慌てて指を丸めることで、それ以上触れることを避《さ》けた。

「どうした？」

「今はいい」

自ら浄化魔法をかけるということは、指を中に入れる必要があるのだと、まざまざと思い知らされた。それはさすがにハードルが高くて、心の準備が間に合わない。

「今は他のことをしてほしいんだろう？」

アロイスの低音ボイスが耳元で響く。

その問いかけに理人はすぐには答えられなかった。さっきからこうやって喋っていても、抱きしめられているから、体の熱は冷めない。キスと、少し腰を触られたくらいなのに、いや、むしろそれだけしかされていないから、余計に体が欲していた。

理人は無言のまま、アロイスの股間《こかん》に手を伸ばした。

「なるほどな。態度で示そうというのか」

アロイスはすぐに、理人の行動の意図を悟《さと》った。

「コレが欲しいか？」

問いかけに、理人は顔を上げず、ただ頷いて答える。

「いいだろう。すぐに入れてやる」

そう言うなり、アロイスは理人の片足を持ち上げた。そのまま触手を使って引き上げられた足を、アロイスが膝裏に手を入れて支える。

部屋の真ん中、しかもまだ陽は高い。これまでもさまざまな痴態《ちたい》をアロイスの視線に晒《さら》してきた。今更、恥ずかしがることなどないはずなのに、明るい中で、この体勢は落ち着かず、羞恥心が湧き起こる。

理人は両手をアロイスの首に回してしがみ付く。自分の顔を見られないよう、少しでもこの淫《みだ》らな姿を見せないようにだ。

開かれた足の間に、アロイスの屹立《きつりつ》が宛《あて》がわれた。

アロイスは自由にその大きさを変えられるから、指で中を解《ほぐ》す必要がない。だから、細めた屹立がいきなり中に押し入ってきた。

「んっ……くぅ……」

細められているとはいえ、さっき浄化魔法をかけたときの指よりは太い。理人は息を吐き出して、その衝撃を逃そうとする。

アロイスは理人の反応を見ていた。その顔に苦痛の色がないこと、何より中心が萎《な》える様子がないことを見て、アロイスの屹立が太さを増す。

「はぁ……」

圧迫感が増したのに、甘い息が漏れる。理人の体は、この屹立が与える快感を知りすぎていて、押し広げられるだけでも感じてしまう。

アロイスは屹立の大きさや長さを変えることで、後孔内を解そうとしていた。理人は気づいていなかったが、浄化魔法をかけられたとき、一緒にローションのようなものが中に出されていたらしい。そうでなければ、濡れていないそこでアロイスが滑《なめ》らかに動けるはずがない。

「あぁ……っ……ん……」

ついに理人の口から喘ぎが溢れ始めた。激しく動かれたわけではない。アロイスはただ中を押し広げる動きをしているだけなのに、その全てが理人を昂らせた。

「気持ちよさそうだな」

「違っ……はぁ……」

否定できないほどに、理人は快感に支配されていた。口から出る声は全て熱くて甘い。理人の体はもう準備万端《ばんたん》だ。こうなれば、もうアロイスが我慢する理由はない。

「いっ……ああっ……」

完全な大きさになった屹立が、理人の奥まで突き刺さる。その突き上げで、床に着いていた片方の足まで浮き上がり、自身の重みでますますアロイスを呑み込まされる。理人の口から出たのは悲鳴にも似た嬌声だった。

「ふむ。両足を持たないと辛《つら》そうだな」

冷静に言いながらも、いつもよりアロイスの声に熱を感じる。アロイスも興奮しているのだと、理人を犯す凶器《きょうき》の熱さでわかった。

アロイスがもう片方の足も膝裏に手を入れて持ち上げた。折り曲げられた両足はアロイスの体を挟むように割り開かれ、不自然な体勢に体が軋《きし》む。それにいくら両足を持たれているといっても、繋がった箇所への負担は大きい。理人は少しでも楽になれるよう、必至でアロイスにしがみ付く。

「やぁっ……あ……あぁ……」

両足を持ったことで動かしやすくなったのか、アロイスは理人の体を揺さぶり始めた。持ち上げては落とすことで、屹立を抜き差ししていく。そのたびに理人の口からは嬌声が溢れ出る。完全に勃ち上がった中心からは、だらだらと先走りが零《こぼ》れていた。まだその屹立には一度も触れられていないのにだ。

アロイスならこうして理人を動かさなくても、自在に大きさや長さを変えて、突き上げることができる。それなのに、あえて理人の体を動かすのは、このほうがより理人を善《よ》がらせることができるからだ。

「ああっ……」

奥を無理矢理こじ開けられ、もう限界だと声を上げた瞬間、背中からバサッと羽根が飛び出す音がした。

「今のがよかったのか」

酷薄《こくはく》そうに笑うアロイスがムダに色気を溢れさせる。視界が涙《なみだ》で滲《にじ》んでいるとはいえ、これだけ近い距離なら、はっきりとその表情はわかる。奥を穿《うが》たれただけでも堪えきれないのに、視覚でも煽《あお》られる。理人はもう限界だった。

「も……無理っ……」

「イきたければイけばいい」

アロイスの言葉の後、ずっと触れられていなかった屹立に触手が絡んだ。触手は理人の射精を促すように巻き付いたまま扱き立てる。

「ああっ……」

既に限界だったところに、直接的な刺激を与えられれば堪らない。理人は呆気《あっけ》なく迸《ほとばし》りを解き放った。それでも中にいるアロイスが硬さを保ったままなせいで、完全な解放感はない。

「待っ……まだ……っ……」

アロイスがすぐに動きを再開させ、理人は待ってほしいと訴える。だが、その言葉さえ満足に出せない。達したばかりで敏感になりすぎている体に、この快感は強すぎた。

「や……やめっ……ぁぁ……」

制止を求める声は届かず、アロイスは理人の体に何度なく猛《たけ》った凶器を突き立てた。

熱が引いたはずの理人だったが、こんなに激しく昂りをぶつけられては、嫌でも反応してしまう。体はまた熱を取り戻し、中心もまた硬くなる。

「なっ……んで……」

理人の中でアロイスがまた一回り大きくなったのを感じる。理人は信じられない思いでアロイスを見た。さっきまででも充分すぎるほどに大きかったのだ。

「これが本来の大きさだ」

アロイスがその太い凶器で理人を突き上げる。

「ひっ……あ……ぁ……」

もはや声は言葉にならない。入ってはいけないところまで到達した気がする。未知の場所を拓《ひら》かれ、眼前がチカチカと弾け、体は痙攣《けいれん》を起こす。一瞬だが、意識も飛んでいた。

そんな理人の中に、アロイスは構わずに打ち付け、そして、魔力と共に熱い精液を解き放った。その魔力は後孔内だけではなく、全身へと広がっていく。

「出さずにイッたか」

アロイスが愉快《ゆかい》そうに口にした言葉は、理人の耳にも届いたものの理解はできなかった。呼吸をするのが精一杯《せいいっぱい》だった。

アロイスは理人を抱き上げたまま、自身を縮小させて中から引き抜くと、その状態でベッドまで移動する。とはいえ、二人とも羽根が出ているから仰向けに寝転がることはできない。理人はベッドに腰掛けたアロイスと向かい合い、その膝に座る形で落ち着いた。

脱力《だつりょく》した体をアロイスに預け、理人はひたすら呼吸だけを繰り返す。声を上げ続けていたせいで、ずっと息ができなかったような、そんな錯覚《さっかく》を覚えていた。

アロイスがそっと理人の頬に手を添えた。理人は言葉もなく、視線だけをその手に向けた。事後にこんな甘い雰囲気になったことがなく、戸惑いのほうが大きい。

「俺の言ったとおりだったな」

そう言いながら頬を撫でるアロイスに、理人はようやく何を言っているのか理解できた。蛇の体液に当たって爛《ただ》れた頰の火傷《やけど》のことだ。さっきから触れているのに、痛みを全く感じないどころか、いつもの肌を撫でられる感覚しかない。

「治ってるのか?」

理人はようやく出せた掠れた声で問いかける。感覚では何もなさそうだが、見た目はどうか自分では見えない。

「そうだ。お前が治癒した、いや、違うな。お前が再生した新しい肌だ。だから、この肌ももうお前のものだ」

理人が未だ他人の体だと気にしているのをわかった上で、アロイスは望む言葉をくれる。この体で過ごす日が増えていくに連れ、本当に理人のものになっていくのだと。

「ここも、もうずっと前からお前のものだろう」

アロイスが理人の後孔に指を差し入れながら言った。そのはずみで、中に放たれたものが溢れ出る。その感覚が勝手に体を震わせた。

「うっ……くっ……」

「ここでこんなに感じるようになったのは、お前だ」

そう言いながら、アロイスは中のものを掻《か》き出すように指を動かす。今にもまた始まりそうな気配に、理人はアロイスの胸に手を突いてやめさせようとした。

「もう充分だろ」

「何がだ?　さっきのは治癒をするのが目的だった。つまりはお前のためだ。今度は俺の欲のために付き合え」

勝手な言い分を証明するように、二人の体の間で、アロイスの中心が大きく反《そ》り返っていた。

アロイスが理人の腰を摑んで持ち上げる。屹立を後孔で呑み込めとばかりに腰の位置を動かそうとしている。

「浄化より先に、羽根のしまい方を教えろ」

「急にどうした？」

途中で止められたことに気を悪くしたふうもなく、アロイスがその理由を問いかける。

「羽根があると、俺が上にならなきゃいけねえだろ」

「違う体位を試してみたいということか？」

「馬っ……、そうじゃねえよ」

「なら、どうしてだ？」

楽しげに問い直されて、理人は答えに詰まる。本当は上になる体勢が自分から求めているようで恥ずかしいだけだった。だが、それを口にするのは、負けた気がする。

「後ろからなら、羽根があってもできるが、どうする？」

すでにやることは決まっていた。それなら顔を見られずに済むから、まだマシだ。理人は小さな声で、それでいいと頷いた。

5

寝ているところを使い魔たちに起こされるのは、もはやよくある日常だった。

「お主は我らに起こされねば起きられぬのか」

呆れたような声に、理人は目を開ける。その視線の先には使い魔たちではなく、スライムがいた。そういえば、昨日、スライムはケルベロスに預けられていたのだと思い出す。

「ちゃんとご飯はもらったか？」

スライムを撫でながら問いかけると、返事代わりにスライムが飛び跳《は》ねる。

「我らへの挨拶《あいさつ》が先であろう」

「失礼な男だ」

ギードとフーゴは不愉快だと理人に詰め寄る。

「悪かったよ。でも、俺が起きられないのは、お前らの主のせいなんだけどな」

「お主の体力がないのが問題だ」

「もっと鍛《きた》えるがよかろう」

「あいつと比べんな」

言い争いをする理人とケルベロスの間に、クルトがすっと割り込んできた。

「客が来ている」

「俺に客？」

すぐには思い浮かばず、首を傾げる。

「虎獣人だ」

「我らはそれを伝えに来た」

「それを早く言え」

理人は飛び起きると、急いで身支度《みじたく》を調《ととの》えた。

「どこにいるって？」

「中庭の東屋《あずまや》だ」

「そんなのあったっけ？」

「お主は行っておらぬからな」

「案内しよう」

使い魔たちは依然《いぜん》として、理人の護衛をするつもりのようだ。いつものごとく、ケルベロスを先頭に、理人を挟んで歩き出す。

中庭は城の裏側に位置していた。城を取り囲む塀《へい》の中に、整備された庭園があり、その中央に東屋はあった。そこに須藤が所在なさげに座っているのが見えた。

「悪い、待たせたな」

理人は謝《あやま》りながら、須藤の向かいに腰を下ろす。

「いきなり来たのはこっちだし。っていうか、やっぱ携帯がないと不便だよな」

須藤はこの世界にはないものを懐《なつ》かしみ、愚痴《ぐち》を零《こぼ》す。

理人にその発想はなかった。天使になってから、一度も携帯電話の存在を思い出すことすらなかった。日本人だった頃には携帯電話があったからこそ、ムダに呼び出されたりして、あまりいい思い出がなかったからかもしれない。

「怪我《けが》はどうした？　かなりひどくやられてただろう？」

見る限り、須藤にダメージが残っている様子はない。昨日の有様《ありさま》では、立つことすら難しそうだった。

「それがさ、早々に気を失ってたからかな。見た目ほどダメージがなかったみたい。後で治癒師に聞いたんだけど」

須藤が笑って答える。やはり獣人の体は人間よりも頑丈《がんじょう》にできているらしい。それでも、治癒師に診《み》てもらえたと聞いて安心する。

「クルトが治癒師のところに連れて行ってくれたのか？」

須藤が気を失った状態なら、他の誰かが治癒師の元に運ばなければならない。あの場に残っていたのは、クルトだけだ。理人の問いかけに、クルトは頷いて答える。

「それならよかった。俺が治しに行かないとって思ってたんだ」

「できんの？」

「できるらしい。自分の意思で使えたことはないんだけどな」

「なんだそれ」

須藤はよくわからないと顔を顰めたものの、すぐに表情を改め、真面目《まじめ》な顔になる。

「なんかよくわからないけど、俺が怪我してもお前は治さなくていいから」

「なんでだよ」

「怪我が治っても、その後、闇王《やみおう》様に殺される」

須藤はそう言っただけでなく、大袈裟《おおげさ》に身震《みぶる》いして見せた。

「闇王様ってアロイス？」

「国民はそう呼んでるんだよ。シュバルツ帝国《ていこく》は闇の国って意味らしい。昨日、治癒師に聞いたんだけどさ」

理人と違って、須藤は街の住民との交流がある。理人の知らない情報も持っていた。

「それで、なんでアロイスに殺されるんだよ」

「あのとき、闇王様が来た衝撃で意識が戻って、見てたんだ。闇王降臨《こうりん》って感じで超怖かったっての。しかもお前しか見てねえし」

「そうだったか？」

自覚がなく、周りに問いかけると、使い魔たちだけでなく、スライムまで同意を示すように、理人の肩で飛び跳ねた。

「まあ、それならそれでいいや」

理人は話を切り上げる。もう一人、その後が気になる奴を思い出した。

「そういや、ドラゴンはどうなった？」

あの場にいた面子《めんつ》で、その後がわからないのはドラゴンだけだ。

「心配するのが遅いのではないか」

不機嫌《ふきげん》そうな声が聞こえたが、その姿は見えない。理人が声のした辺り、須藤の腰周辺に目をやると、ウエストポーチから拳《こぶし》サイズのホワイトドラゴンが姿を現した。

「随分と縮《ちぢ》んだな」

この大きさになると、ますますドラゴンではなくトカゲにしか見えない。元の姿を知っているから、かろうじてドラゴンだと認識できた。

「縮んだのではない。小型化する魔法を習得した結果だ」

ドラゴンは偉そうに答えているが、おそらく小型化したケルベロスを見て思いついたのだろう。あの場でドラゴンは理人のそばにいたから、胸元にケルベロスを忍《しの》ばせていたことに気づいてもおかしくない。

「昨日からずっと一緒にいるんだ」

須藤が苦笑いでドラゴンがここにいる訳を教えてくれた。

「治癒師のところから宿屋に戻る途中で、待ち伏《ぶ》せされてた」

「この獣人と一緒にいれば、貴様に難なく会える。貴様は目を離すと何をしでかすかわからないからな。私の体だとわかっているのか？」

「今は俺の体だ。どう使おうが俺の勝手だろ」

アロイスのおかげでそう開き直る自信が持てた。それにドラゴンがこんな性格だから、同情心が湧かないのも良かったのかもしれない。借り物の体だという意識がなくなったわけではないが、ドラゴンのために、この体を大事にしようとは思わずに済む。

「貴様がそういう態度だから、私が見張るのだ」

「できるならやればいいんじゃね?」

理人は挑発《ちょうはつ》するように笑った。今、こんなことを言っているくらいだから、元に戻るための手がかりを何一つ見つけられていないのだろう。天使の国に入ることができれば、何かわかるかもしれないが、ドラゴンの姿では叶《かな》わない。

そもそも、元に戻る方法などあるのだろうか。天使の魂が押し出され、その体に理人が入ったのは偶然《ぐうぜん》だ。同じような状況下になったとしても、運良く天使がこの体に入り込める可能性など、万に一つもあるのかどうか。

それでも、可能性はゼロではない。その万が一で天使が元に戻り、理人がどこかに追い出されたら、アロイスはどうするだろうか。この体は理人のものだとアロイスは言っている。他の天使などいらないとも言われた。そんなアロイスなら、理人をまたこの体に戻す方法を見つけ出してくれそうだ。

そんな想像をしていたからだろうか。アロイスがゲラルトを引き連れ、こちらに向かって歩いてきていた。今日は城内とは言え、屋外だからか、子供の姿だ。

「まずいっ」

ドラゴンは慌《あわ》ててウエストポーチの中に潜《もぐ》り込む。

「リヒト様、こちらが仕事をお探しの方でしょうか?」

「ああ。頼めるか？」

「もちろんでございます。早速《さっそく》ですが、これからいかがですか？」

「これから？」

「ええ。城内を案内しつつ、ご希望の職種を探して参りましょう」

ゲラルトにそう問われ、理人はどうすると須藤に視線を向ける。

「迷惑でなければ、是非《ぜひ》」

職がないことに不安を覚えていたのか、須藤は乗り気になって、ゲラルトに頭を下げる。

「では、参りましょうか」

ゲラルトがすぐさま須藤を促し、城に向けて歩き出す。ウエストポーチにドラゴンを入れたままでだ。

「ドラゴンは成体と幼体では、素材の有用性が変わってくる」

アロイスはそう言いながら、理人の正面、丸テーブルに腰掛けた。今は子供姿だから、隣の椅《い》子《す》ではなくテーブルに座って、目線を上げようとしているのかもしれない。

「成体だと硬度が上がるからな。鱗《うろこ》や爪《つめ》は武器や防具になるし、生き血は万能薬《ばんのうやく》の素《もと》になる」

「それが、今、殺さなかった理由か？」

ドラゴンがここにいたことに、アロイスが気づかないはずがなかった。それでも、さっきは何もしなかった理由を理人は問いかける。

「どうせ殺すなら有効活用しないとな」

「殺すのは確定なのか？」

「お前の敵《てき》でいるうちは」

アロイスはなんでもないことのように言った。その言葉に気負いも虚勢《きょせい》も感じられない。アロイスにとって、ドラゴンは成体であっても、敵になるほどの存在ではないらしい。

アロイスがいれば、理人はこの世界で生きていける。そう思わせてくれる安心感があった。日本人だった頃は、誰かに頼ることなど考えたこともない生き方をしていた。だが、今は自然とアロイスに頼っている。

アロイスはいつもどおり、自信に満ちあふれた表情をしているが、今は大人ではなく、驚くほどの美少年だ。

「やっぱり、呪いは解けたほうがいいな」

「急にどうした？」

話を変えた理人に、アロイスが問いかける。

「お前が今の姿だと、俺が悪いことをしているような気分になる」

「いたいけな少年を誑《たぶら》かす悪い大人か」

そう言ってアロイスは愉快そうに笑う。

「いいじゃないか。背徳感《はいとくかん》が味わえて、それはそれで楽しめるだろう？」

「そんな趣味ねえよ」

「なら、大人の俺に抱かれるのは、趣味に合ってるのか？」

アロイスが瞬時に大人の姿に変わる。外なのにと驚いて周囲を見回せば、使い魔たちが誰も近付けないよう、見張りをしているのが見えた。

「どうなんだ?」

アロイスがテーブルから下りて理人の前に立ち、再度、問いかける。

どう答えるべきか。理人は一瞬だけ迷って、すぐに立ち上がる。

「この身長差は気に入ってる」

アロイスの首に手を回し、自らの下《もと》に引き寄せる。十センチほどの身長差だから、すぐに顔が近づいてくる。理人は初めて、自分から唇を合わせた。

あとがき

こんにちは、はじめまして。いおかいつきと申します。

なんだかんだで長くなってきた作家人生で、今回、初めての異世界ものに挑戦させていただきました。

異世界もの、昔から好きだったので、かなりの数を読んできましたが、書くとなると話は別。ヤバい、わからん、そんな状況になることが多々ありました。ですが、現実世界ではできないことを作り上げられる楽しさのほうが多くて、最後まで楽しく書くことが出来ました。

皆様にも是非ともこの楽しさを共感して頂けたらと願っております。

小路《こうじ》龍流《たつる》様。麗しいイラストをありがとうございます。主役の二人は言わずもがな、魔獣たちも、出番を増やしたくなるくらいにツボに刺さりまくりました。

担当様。いつもありがとうございます。長い付き合いですが、今回、初めてお互いの尻尾や触手へのこだわりを知ることが出来て、楽しかったです。

そして、最後にもう一度、この本を手にしてくださった方へ、最大の感謝を込めて、ありがとうございました。

いおかいつき

Lovers Label

氷のヤクザ、異世界で白銀の闇王の治癒天使になる

ラヴァーズ文庫をお買い上げいただき
ありがとうございます。
この作品を読んでのご意見・ご感想を
お聞かせください。
あて先は下記の通りです。

〒102－0075
東京都千代田区三番町8-1
三番町東急ビル6F
(株)竹書房 ラヴァーズ文庫編集部
いおかいつき先生係
小路龍流先生係

2024年2月23日
初版第1刷発行

●著　者
いおかいつき ©ITSUKI IOKA
●イラスト
小路龍流 ©TATSURU KOHJI

●発行　株式会社　竹書房
〒102－0075
東京都千代田区三番町8-1 三番町東急ビル6F
代表 email： info@takeshobo.co.jp
編集部 email： lovers-b@takeshobo.co.jp
●ホームページ
https://bl.takeshobo.co.jp/

●印刷所　中央精版印刷株式会社